U0076389

人醫心路

慈濟醫療志業醫師群

經典

推薦序

醫者本懷溫暖心路

慈濟基金會醫療志業執行長　林俊龍

在我近五十年的行醫歷程中，累積了一個個與病人生命交會的故事，這些故事形塑了我的行醫風格，啟發了我對病人的感恩，以及對醫者初發心的堅持。

身為醫師，在面對病人時，經常要抽絲剝繭釐清病人的想法，有時病患的念頭讓人啼笑皆非，但有時居然會危及生命，為此我還罵過病人。

對心臟專科醫師來說，「胸痛」是心臟病人的大忌，曾有一位老病人，半夜三點覺得胸痛，但他竟然撐到早上六點多才到急診報到，急診呼叫主治醫師，我接到電話趕緊跑到醫院。心電圖一照，已經看得出來心臟病就快要發作，真是太危險了！

我責問他：「你的狀況已經這麼嚴重，怎麼不立刻到醫院來？」他說：「我當然知道應該要來醫院啊！可是你六點多才會起床到醫院巡房，我可不想半夜就吵醒你。」這種病人為體恤醫師生活的行為，令人感動，但是卻耽擱了病情，因此被我罵了一頓。

當然，我也碰過完全相反的狀況。有一天三更半夜，我被另一位老病人緊急叫到急診，到院一看，病人的主訴竟然是「頭痛」！我問病人：「那您頭痛多久了？」他說：「兩個禮拜了。」我再問：「已經都痛了二周，為什麼要在半夜緊急找我？」他竟然回答：「因為我睡不著！」真是讓人語塞氣結！

雖然一樣米養百種「病人」，但在醫療過程中，只要付出了關懷和愛心，不用說出口，病人與家屬都感受得到。

醫師這個職業，具有古老的價值、專業的理念——「尊重生命，以人為本」，有如中國老祖宗所說的「懸壺濟世」。高科技的發展，各式儀器、檢查五花八門，似乎讓醫病間的關係變得快速、複雜、缺乏情感，其實，醫師行業的本質與價值仍是不變的。

醫療，是一個專業的過程，重要的是過程中的關懷和愛心。而醫病溝通，永遠是醫師心中，學無止盡的重大課題。

我深信，從事醫療的醫護人員是有「福報」的，怎麼說呢？志工是要到處去找有沒有需要幫助的人，可說是「踏破鐵鞋無覓處」，才能付出救人；而身為醫療工作者的我們，卻是「得來全不費功夫」，病人自己找上門來，讓我們能夠付出所學來幫助他人、累積福報。所以，醫護都應該秉持「感恩的心」來發揮專業。而在發揮專業的同時，還能讓我們體會到「見苦知福」、「施比受更有福」的意義，也能從工作中感受到「發自心中的喜悅」。

《人醫心路》這本書，見證大醫王「以病人為中心、視病如親」的醫者本懷，見證醫師們從病人的回饋中所得到的反省和體會，而他們的內心話與心靈感受到的歡喜，也都一一表露在書中，是一本難得一見的好書，值得大力推薦。

推薦序

人醫人師

慈濟基金會人文志業發展處主任
《人醫心傳》雜誌總編輯　何日生

今年已經九十二高壽的諾貝爾醫學獎得主愛德華湯瑪斯博士（Dr. Donald Edward Thomas）是骨髓移植的發明者，在他創立骨髓移植醫療技術之前，所有的血癌病患都幾乎往生。在骨髓移植醫療技術普遍運用至今，有一半的血癌病患會存活下來，但也有將近一半的病患會往生。我曾問湯瑪斯博士面對這麼多病患無法救治，他有沒有挫折過？「從來沒有！」他回答說：「這就是我持續努力的動力與理由，你不能放棄，因為問題還沒有解決（That's the reason for going on, you don't quit, because there is a problem.）。」為了病患的問題而持續的努力是良醫最重要的生命動力與職責。

醫師每日都要面對生、老、病、死，在醫治病人的過程中，或許病人康復了，或許欲救其生而不能，挫折的不只病人或家屬，醫師面對死亡，面對重大疾病，他們的心情一樣會受挫，一樣會受傷。而一位醫師如何保持對生命的信心，持續地照顧醫治不同的病患，就必須依靠更大的愛的力量。愈是愛病人，這種面對病苦老死的力量與智慧也就愈大。一如臺北慈濟醫院趙有誠院長所言，「醫師的心是治病的關鍵」。具備愛的醫師，才能每日面對病苦而不退縮，面對老死而不會麻痺。

這就是為何慈濟醫療人文月刊《人醫心傳》要創立「交心集」專欄的原因。讓醫師們的心被看見，讓醫師們審視自我的內心。「交心集」照見醫師們醫治病人過程的智慧與用心，也照見他們期待病人康復的盼望或失落，更照見他們如何從一次次醫治病人的過程中，獲得智慧的增長與愛心的茁壯。

慈濟醫療的理念不只是以視病如親的心去醫治病人，更要如花蓮慈院器官移植小組李明哲醫師所言，「如果無法讓病人進行移植，也要讓病人轉換心念」。用心醫治病人的醫師是良醫，能轉化病人心念的則是人師。「人醫、人師」正是慈濟創辦人證嚴上人期許醫者大醫王的人格典範。

當代醫學歷史專家羅依曾說：「沒有一個時代比我們這個時代的醫療科技更發達，但是也沒有一個時代的醫療會像當代醫療一樣讓人如此地不滿。」這種矛盾的社會心理現象歸因於錯誤地認為醫療科技是萬能的，錯誤地理解為只要生病進醫院就一定會得到救治，如果救不起來，一定是醫師做錯了什麼。

或者更深沉地說，在醫療的科技發達之後，人們未能建立一個正確面對死亡的態度，也無法建立面對醫療可能失敗的正向觀念。病人總是將生命全權交給醫師，然而即使醫師再努力，也未必能讓疾病消失。而求生不能之後，如何讓病人與家屬轉化心念，正向面對無常，這是當代醫療最嚴峻的挑戰。

在這本《人醫心路》裡，四十位慈濟醫師訴說他們面對病患生死交關時刻所表現的勇氣、智慧與大愛，這智慧不僅僅挽救病人生理的生命，也點亮病人心靈的光明。這群人醫人師所稟持的大愛，不僅僅是視病如親，更再造自我、病患與家屬的永恆慧命。

《人醫心路》這本書是當代醫療心靈的精華與智慧的縮影，讀著每一個人醫、人師的心情故事，期望讓讀者更正確地看待生命的延續與局限，在理解醫療的深秘之際，亦發體會醫師們對病人的疼惜與不捨，而能從他們這種不捨的情感中，同理一個與病人一樣脆弱的醫者在搶救生命的過程所展現的偉大。

目次

參、醫心依止處

下篇：行到水窮處

肆、寶島義診行

伍、醫愛繞全球

上篇

坐看雲起時

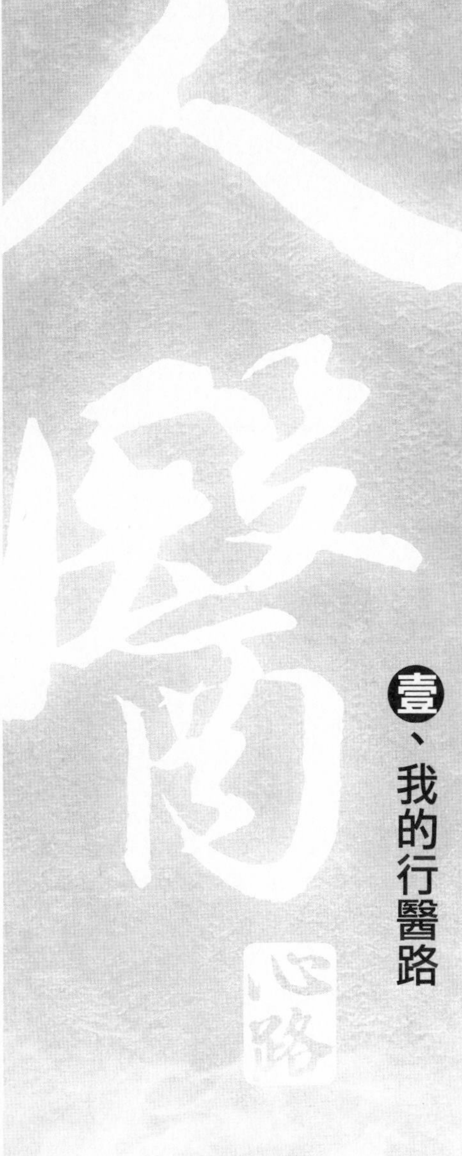

壹、我的行醫路

撫平遺憾的救贖

花蓮慈濟醫院副院長暨耳鼻喉科主任　陳培榕

人生的遺憾，大多可事先預防及避免，少數則不然。我行醫診治病人時曾發生一些遺憾，究其成因，儘管外在時空環境及客觀條件扮演一定程度的影響，但多半來自於自己面對臨床實境當下的無力與無能。醫師生涯二十三年的兩次特殊境遇，發生時，它們都有著類似的客觀環境，造成的則是截然不同結果。後者甚至是給予前者造成遺憾的一種心理補償，甚而造成了自我實現的成就感；在個人記憶之海中，留下深刻的烙印；且在人生經驗中，給了我深深的啟示與體會。

一九八九年，我在馬祖南竿島一個三級野戰醫院擔任醫官，固守急診第一線。記得那是清明前夕某個星期日，一掃前幾天春雨綿綿，大霧瀰漫的陰霾天氣，當天春風和煦，陽光普照。那時候，心情真的感到很快樂，正忖度著：今日我可是唯一守護全島近八千軍民健康的急診醫師；根據經驗判斷，這樣的日子，因為醫院及營區沒有一般門診，所以急診的負擔會稍大，但多半是一些傷風感冒、腹痛腹瀉及小外傷之類的個案。

守護馬祖的菜鳥醫師

真好，再過兩個月就可以安然退伍返臺，數饅頭的日子雖然辛苦，終將過去。預官三十七期馬祖幹訓班來自臺灣各地方的英雄好漢們已相約在下週日到山瓏聚餐，到時候的確要好好慶祝一番。他們多是理工及法商專長——退伍後有人要去臺積電，有人要去中國信託，而有人要繼續出國到加州柏克萊深造，也有人夢想著要自己創業，只有我和老廖準備當醫師。我是耳鼻喉科，他則申請到臺北市立醫院家醫科。

我因當兵加分及實習表現不錯的緣故，才能順利申請到當時頗熱門的臺大耳鼻喉科（簡稱ENT）第一年住院醫師，因此，特別利用最後一次返臺休假時，去合記書局買了一本耳鼻喉科之臨床手冊。這本書是由臺大醫院楊怡和教授編著，再由當時的主任徐茂銘教授校閱，堪稱是當時年輕耳鼻喉科醫師的最佳中文入門書。聽學長說臺大耳鼻喉科醫局實行的是魔鬼訓練，去之前，最好先預習並演練一下，免得在六月中開始上班後手足無措，被「電」得很慘。

當兵臨退伍之際，若有餘暇，除了唸書外，也會去練習耳鼻喉科最重要的診療工具——反射鏡（就像軍人的槍一樣）操作，偶而在值急診班時，會拜託一些護理士到急診旁邊的五官科治療室中讓我練習一番。那時候，同學老王（同樣申請臺大ENT）有時也會與我互相練習，但只能憑藉著從書本中及當實習醫師時學到的一點知識與技巧來做。

其實，學醫的人都知道，這一個ENT特殊的診治工具欲熟練使用，常需要一些時間，而且是有著學習曲線及歷程的。然而在這個地方，自我摸索與練習卻是極為重要的，因為，沒有人可以教你。儘管資歷尚淺，你還是會被很多人認為是最高明而全能的大醫師，受到尊重與敬愛，很多軍民同胞的生命及健康可是交付在你的手中，甚至連司令官也不例外。值得一提的是：大我兩屆的一位學長在這裡當醫官一年多就獲選為當地好人好事代表，回臺接受表揚，傳為美談。

退伍前的悠靜前奏

五官科治療室中擺放著一臺舊的ENT治療椅跟治療臺、一檯裂隙燈、一支耳鏡、一支眼底鏡，還有一本檢查色盲的簿子——特別是駕駛兵訓練及體檢時要用到；這些東西雖然不是很新，但大伙兒可都是費力保養，把外表擦亮，以便應付裝檢。

當日早上急診還算平靜，沒什麼病人，我通常值班時會帶兩本書，一本是醫學書，一本是人文書。約莫下午兩點，看小說告一段落後，邀護理士小楊一起走到急診門口聊天，他提到自己不到一個月就要退伍，將到三民書局上班，我還調侃著說，以後我們是鄰居哦，書可要賣我便宜一點，也祝福他一帆風順。

聊著聊著，我的眼光遠眺著醫院的排樓，衛兵們正在交班，醫院入口斜坡及路邊，有幾株相思樹及木麻黃，再眺望過去就是東海中的莒光水道了，碧海藍天，波光粼粼，回想來馬祖的一年半間，未曾好好享受周遭的美景，想想今天晚上該出來好好欣賞在水道作業的大陸或當地漁船的漁光，或許也可趁此機會順便計算一下數目，聽說有時破千？其實早就三通了吧！在這時，退伍、戰地風情、前途明亮，雖然沒有女朋友可想，值此良辰美景，頓時讓我覺得身心寬暢，喜上眉梢。

一時心血來潮，正欲拜託小楊至五官科門診讓我練習一下反射鏡對光及鼻咽部檢查，因為他的作嘔反射實在很小，非常適合當現在所謂的「耳鼻喉科標準病人」。突然間，急診室的電話響了……

小楊跑去接，只聽他語調突然高亢起來，神色好像有一點緊張，我頓時有不祥的預感，該不是發生什麼大事了吧，果不其然，一分鐘後，他跑來向我報告：「醫官，馬港地區有一位民眾口鼻突然大量出血，將於十五分鐘送到醫院；病人是五十歲鼻咽癌患者，男性，體重六十公斤，血壓一一〇／七十六，血型為A型。」當場我頓覺大事不妙，鼻血或吐血是碰過，卻從未碰過癌症大量口鼻都出血的病人。當天值班二線支援老哥是內科醫師，對鼻咽癌病人出血的處理不是很瞭解，不過他還是馬上找檢驗士及A型血型的人待命，並聯絡相關後送事宜，我則把EKG（註二）、氧氣及插管等急救設備再檢查一番，又趁病人未到達之前，把楊教授所寫的書拿出來翻一翻。V—十七章第二百六十八頁的主題「鼻咽癌」，在第二百七十二頁赫然寫著「鼻咽癌的死因：一、無法控制之原發疾病，二、出血，三、惡病質，四、遠隔轉移」。再稍微想一想在醫六時，杜詩綿院長所講的鼻咽癌那堂課，想想病人會大量出血，無非是腫瘤或骨壞死造成，而急救時「ABC（註二）」才是最重要的，只要有機會維持呼吸道暢通，並設法止血及輸血，防止重度休克，應該有機會用直升機後送回臺灣。

與鼻咽癌大出血的首次交遇

嗚咿……嗚咿……熟悉的救護車聲從遠處傳來，病人是坐在車上被抬下來的，意識尚清楚，鼻子塞了兩塊紗布，而他的塑膠袋裝滿了吐出的紅色鮮血，只聽到他用虛弱且不太清楚的臺灣國語說：「半個小時前到現在已流了兩個塑膠袋血。」原來他是臺灣人，娶了一位馬祖老婆，利用清明假期陪太太回娘家掃墓及省親，預定待兩航次（約十八至十九天），因旅途奔波（當年臺馬交通往返一個月僅有三航次的交通船，一趟大概要乘坐十六小時），加上罹患感冒，又喝了一點酒，所以病發。

我量一量，這一袋有四百西西，兩袋血少說八百西西吧，他的鼻腔已被救護人員用紗布塞住，幫他量了一下血壓，還有一〇〇／七十毫米汞柱，脈搏八十六下，但口腔仍不時有鮮血及血塊吐出。此時，他太太來了，看起來是一個敦厚質樸的馬祖婦女。

我發現他竟然只能張開嘴巴約一公分，聽力也不是很好，問他是什麼時候電療，他答說是五年前在臺大醫院，現在每半年看一次，三個月以前看時，醫師說還好，再問他怎麼吃東西，他說僅能吃稀飯及流質，電療後已無法吃乾飯，而且最近吃東西比較常嗆到，並有吞嚥不太順暢的感覺。

我摸摸他的脖子，根本是僵硬如木板，有些地方則有一片片紅色的，類似血管的斑點；後來知道這是放射治療所造成的皮膚微血管擴張。糟糕的是，因為他口鼻流血、張口困難，我根本無法替他插管維持呼吸道順暢，也不知道怎麼替他止血，他看起來似乎是有瀕臨輕度休克的可能？血再這樣流下去，該怎麼維持他的呼吸道暢通又替他止血，防止重度休克，並後送回臺灣？我目前所能做的竟然只是替他打點滴輸液、輸血、叫他捏住鼻子，但是，這似乎都不是重點，他的鼻子已塞滿了紗布，血還是從口腔吐出，十分鐘內至少又流了近兩杯的集尿杯，少說三百西西吧，再這樣下去行嗎？

我急忙跑去翻閱楊教授的書，第一百八十六頁後鼻部出血處理原則，就是先塞住後鼻孔，再做前鼻孔填塞。而我卻不知怎麼使用書中所寫的Foley（註三）導尿管塞住後鼻孔，也不知如何塞滿前鼻孔，真遜！到急診後十五分鐘，他血壓仍有九十／六十，脈搏九十，現在能做的只有幫助病人打點滴、輸血、並幫他打一支vena（註四），讓他較為鎮靜。還好，直升機再半小時就會來了，只要能熬過半小時我或許就可以解脫了。

說時遲，那時快，從他口中突然吐出大量鮮血，接下來，他臉色發黑，呼吸困難，等我驚覺血塊應該是跑到他的呼吸道中塞住了，霎時間，我憶起前一陣子讀到楊教授書中之緊急環甲軟骨切開術（註五）。但是，我完全沒有人在旁指導，也完全沒有練習過，這時我竟遲疑了一下，根本手足無措，完全傻眼，眼睜睜看著病人愈來愈喘，愈來愈黑。

趕快叫小楊把刀子拿來，切開皮膚及環甲軟骨膜，再拿一支氣管內管插入了氣管，總共花了超過十分鐘，再從管子抽看看有沒有血塊（是有一些）。但是，一切都已經太遲了，病人早沒了呼吸，喪失意識，開始CPR，壓了老半天，電了數次，心跳血壓都沒有回來。直升機降落了，但病人卻已經回天乏術……（註六）

輾轉反側的遺憾

天啊，病人竟在醫師面前活活噎死，突然間，滿身罪惡感與羞愧感襲來。我在馬祖一年多期間，看到不少個現在所謂檢傷分類一級急診，有心臟病的，有中風的，有嚴重外傷的，有自殺的……經緊急處理後救活了一些人，也有些人因而往生。甚至，我也當過法醫去驗過幾個恐怖的屍身。但是，我從來沒有料想到會遇到這種病人，他抵達時頂多是二或三級吧！也就是說，他意識清楚地進來，呼吸還算順暢，血壓尚可，只是口鼻出血。半小時後，他竟活生生地在我面前窒息死掉。我沮喪、失望、自責……從實習醫師宣誓那一天起到那個時候，也快三年了吧，為此我失眠了好幾天，對自己產生許多質疑。也試圖把這一件事壓抑、遺忘，但是我卻沒辦法，那一瞬，不停浮現腦海，我從不向別人透露，因為這是一件不名譽的事，對我從醫生涯也是一個很大的打擊。

一九八九年夏天，我向臺大耳鼻喉科報到。後來當然也有數次遇到這種緊急情況，我已慢慢學會如何拉Foley止血及前鼻部填塞、甚至如何製作Bellocq tamponade（註七）、如何做環甲軟骨切開或氣切、如何綁血管……總之，我已學會對這類病人出血的處置方式，也順利搶救了一些病人，而一切這都歸功於師長及學長姊熱心的教導及陪伴。

同時，我也深刻體會與反省到當年在馬祖對病人所做的處置與急救雖然還算正確，卻沒有抓到重點，造成效果也就那麼微不足道。反正，一切的一切，都無法彌補當年的遺憾，怪只怪自己無能，後來，偶而在臺大或慈濟遇到同類病患時，大多救回來了，但午夜夢迴，總揮之不去第一次之陰影，且常難以成眠；明知不可能，最大的夢想竟是時光倒流，讓一切得以重新來過。

搶救生命　自心得贖

千禧年春天的某一個禮拜二，我來到玉里慈院支援耳鼻喉科門診已屆滿一年了，從一九九三年到花蓮慈濟醫院服務，也已接近七年，當年已是第七年主治醫師。證嚴上人在前一年秉持慈悲喜捨之心、體恤偏遠地區民眾就醫不易及貧病相生相依之理，因而再創立了玉里慈院，這是第二家成立的慈濟醫院，跟第三家成立的關山慈院一樣，至今皆賠本經營。記憶中那一天，應該是早上十點左右吧，十一年前同樣的情境竟然再度發生了。

病人是一個五十二歲的布農族男性原住民，口鼻大量流出鮮血及血塊，一九九四年時因罹患鼻咽癌曾在花蓮慈院接受放射及化學治療，由玉里榮民醫院急診轉過來，因為他們沒有耳鼻喉科，但知道當天玉里慈院有耳鼻喉科門診服務。這一次，看到一塑膠袋鮮血與一位我曾經擔任其主治醫師的一位原住民：他摀住塞著紗布的鼻子，嘴巴仍不時吐血。我知道此時此刻可能只有我有機會救活他，自己不能再猶豫不決，不能再錯過緊急處理的機會了。

我迅速地請護士向外面候診的病人宣布，請他們稍做等待，並請隔壁診的護士幫忙，病人坐上治療椅，脈搏尚可摸到，只是稍快，取掉原先紗布，檢查後判斷應為偏右側出血；請護士準備了凡士林紗布，拿一條十二號的Foley導尿管，並準備手術刀、Kelly（註八）及六號endo管（註九），以備不時之需。隨後，先在Foley離氣囊近端約八公分處做一記號，置入鼻腔後，判斷氣囊已全通過鼻腔，立即打七西西水至氣囊，拉出Foley讓氣囊卡住後鼻孔，觀察口咽仍有滲血現象，再持續打水，直到流血停止，請護士持續拉住Foley，用凡士林紗布做前鼻部填塞後，最後再使用臍帶夾夾住尿管近前鼻孔開口處。

這一切都在十分鐘內完成，請病人到急診休息一下，二十分鐘後沒有再出血，遂轉送花蓮慈院住院。病人後來在花蓮做完血管栓塞後止血，爾後平安出院。

塵封憾事　瞬間釋懷

之前，我從不向別人透露那一段在馬祖遭遇到的遺憾、失敗與罪惡感，甚至是最親密的人。那一天，我卻把塵封許久的往事告訴了我家師姊（太太）。她當時的感受並沒有很深刻，我可以理解，因為我沒有詳細說明自己的心境變化與感受。我知道，一切的遺憾，在玉里慈院成立後一年的那一個禮拜二讓我有機會彌補回來了。很奇怪，瞬間釋懷的遺憾，更附帶了一絲成就感與救贖感。回首那十一年煎熬，它的確不定時如魑魅纏身，縈繞不去，歷歷在目，時生夢魘——尤其是病人瀕死無助的那一幕。

那兩個令人難忘的日子，相隔十一年，對許多人來說或許只是普通的一天，對我來說卻意義非凡。因為，我突然頓悟到上人所講「人生無常，把握當下，恆持剎那」的要諦；也突然體會到以病人為師的意義；再者，就是知福惜福再造福的深刻感受，也成為日後續留慈濟打拼的動力。

感恩慈濟醫療志業與臺大師長之造就，這一種滿足與自我實現的成就感，不是用任何物質或金錢可以買到或享受到的。醫師最重要使命正是如此：讓不論任何出身的病人接受公平之診治，並能存活下來及恢復功能。歷經十一年，使自己的醫師生涯走得更加踏實，心理更加成長與喜悅的竟是這兩個特殊經歷，故予誌之。

註一：EKG，心電圖。

註二：急救ABC，意指CPR心肺復甦術急救三步驟，A代表airway，暢通呼吸道；B代表breathing，有沒有呼吸，若無則行人工呼吸；C代表circulation，檢查心跳，必要時行體外心臟按摩。現已將步驟順序更新為CAB。

註三：Foley，即醫療人員以英文慣稱「導管」。

註四：vena，臨床對一種抗過敏、鎮定安眠藥物的簡稱。

註五：環甲軟骨切開術，耳鼻喉科幫危急病人搶救呼吸的常用術式。

註六：慈濟大學在二〇〇二年五月首次舉辦大體模擬手術時即由耳鼻喉科負責教授實習醫學生及年輕住院醫師環甲軟骨膜切開術及氣管切開術，並已行之有年，至今不變。

註七：Bellocq tamponade，一種鼻腔的止血技術。

註八：Kelly，止血鉗。

註九：endo，氣管內管。

白手起家的幸福

臺中慈濟醫院大腸直腸外科主治醫師　邱建銘

我從小家境富裕，是家裡的獨子，父親白手起家，年輕的時候就從嘉義竹崎的山上老家到民雄打拼。到我有印象的時候開始，父親就已經是好幾家小工廠的老闆，我從國小就坐著父親的賓士車上學，那時候整個民雄國小只有我家有賓士車；我也不用負擔家裡的責任，父親雖然常常傳授我很多他在商場上的寶貴經驗，但是父母親只有要求我好好念書，後來我也順利考進醫學院。

紈褲子遇風暴　失至親背巨債

好景不常，我的母親在我大六實習時得到乳癌，雖然經過手術及化學治療，但還是在我醫學院畢業時發現有阻塞性的黃疸，後來證實是十二指腸壺腹癌，經過了一段痛苦不堪的醫療過程，還是在八個月後往生（一九九六年），這段經驗，跟我後來走大腸癌症醫學有很大的關係。

我和我的母親是無話不談的好朋友，在我過去順遂的人生中，我以為母親的去世就是我最大的痛苦了，沒想到地震後的海嘯緊接而來；母親去世後，留下了不少土地的遺產給我，其中有些是有貸款的，但是比例不高；我的父親和母親的個性迥然不同，父親投資的野心很大，母親對理財卻非常的保守，家裡的事業在他們兩人互補的個性下很平衡的發展；但父親在我的母親去世後，投資不知節制，家裡的土地一塊一塊的拿去貸款，後來因為南部的產業外移，生意難做，投資獲利不如預期，而且房地產價格下跌，不知不覺我們家已經進入了以債養債的地步，甚至我住院醫師的積蓄也幾乎都拿回家幫忙繳利息。

我在擔任總醫師那年發現事態嚴重，知道我可能到最後要背起家裡的經濟重擔，於是忍痛離開醫學中心到私人醫院當主治醫師賺錢，想對家裡的經濟有點幫助。沒想到，二〇〇二年間，父親被朋友連帶到一筆三千萬元的債務，結果跳票後產生骨牌效應，家裡全部的房地產都被法院查封，我到銀行一查，我也被連帶到差不多五千萬元的債務，借款利息是百分之九！這個天文數字當然不是我還得出來的，我那時候才體會到報紙上寫的那些因為家裡負債結果全家一起走上絕路的心境。

於是，我名下的土地開始接受法拍，但每一筆法拍都不足貸款，二〇〇三年法院通知單寄到我當時的醫院，要強制執行扣三分之一的薪水，並且是稅前的三分之一，所以實際上，等於是拿走實領薪資的一半。

我的太太怕她辛苦再存的積蓄會被銀行扣走，堅持要辦假離婚，而且變得極度沒有安全感，不但憎恨我的父親，又有憂鬱、暴躁的傾向，那時候假如很晚下班發現家裡一盞燈都沒亮，我甚至會害怕她和小孩一起發生了什麼不測；太太不跟我一起回嘉義老家，甚至不回去過年，我還記得那年春節我自己帶著兩個小孩回嘉義圍爐團聚，年初一一早又怕太太會出事，趕快自己一個人趕回臺中，其中的辛酸，不知能說給誰聽……

心寬念純　用愛堪忍

在這樣家庭與經濟重擔的極大壓力下，我努力冷靜下來，心想到底要怎麼為全家走出一條活路，我一定要勇敢站起來！幸好還有很多的長輩給我很好的意見，我的三姨丈對我說：「即使薪水只剩原來的一半，日子一樣可以過，平常心看待，工作上該怎麼做就怎麼做。」到慈濟之後我才知道，這就是證嚴上人所說的「心寬念純」。

我的四姨丈對我說：「要勇敢面對，找銀行好好溝通。」我與銀行詳談後，才知道銀行要的是我還債的誠意，結果銀行同意降息，而且扣除累積利息，又扣掉法拍，結算下來，債務變成剩下一千六百萬元。

我小時候是讓我外婆帶大的，她一生辛苦，最後苦盡甘來。從小我的外婆常對我說：「能忍耐別人無法忍耐的忍耐，才是真正的忍耐。」我也對自己說：「病人對我的認同是我最大的本錢，這個世界上好醫師永遠不夠用，如果沒有病人來找我，唯一的解釋就是我做得不夠好。」同時我也知道，負債的事情一旦曝光，可能會被用異樣的眼光看待，所以我的信譽非常的重要——絕不能開不該開的刀，萬一被誤認為為了賺錢亂開刀就慘了。

原本，我也是有紈褲子弟的習氣，對病人的需求偶而也會表現出不耐煩，經過這次事件後，突然感覺到我的耐性增加了，因為每一位願意來找我的病人，都是我的貴人，在我眼中都是上天派來解救我們家的天使，更不用說所有醫院內的醫護同事，他們都是幫我照顧病人的人；對我自己的太太，我也領悟到就是要用愛、耐心、用下輩子還想再跟她結一次夫妻的心情來給她安全感。

經過九個月的努力後，雖然太太心中還是有很大的疙瘩，但總算願意跟我回嘉義；另一方面，我在醫院臨床上的業務也不斷的增加，一直到二〇〇七年十一月一日到臺中慈院到職前，五年內一共還了七百多萬元，並且存錢買了房子，而且跟銀行談好取消了三分之一的扣款；最讓我自己高興的是又再度跟太太登記結婚，我也參加慈誠的培訓，太太在我培訓後，竟主動向我說，將來父親老了後要接他上臺中住，我的心中感動莫名。

培訓克難勇氣　珍惜並相信自己

又經過全家兩年的努力，我換回了我父親和友人以前合股持分的土地，總算在二〇〇九年我在銀行恢復了信用。經過整個事件後，才驚覺多年前父親留給我的債務已經抵銷了，換回的土地價值竟和我之前為父親背負的債務幾乎相同，原來，我所做的事是和父親一樣白手起家的事。

試想假如最初叫一個有錢人家孩子放棄大筆財產白手起家的話，是多麼無法接受的事，但是這個人生風暴讓我繞了一大圈，我才深刻體會可以白手起家的感覺真好，整件事雖然很辛苦，但我是最大的受益者，我學會了勇敢靠自己、學會堅持理想的勇氣與耐性，我也學會了惜福、知足與感恩，我珍惜現在的工作機會，我也以能夠當一位醫師去幫助這麼多的病人為榮，深深的感謝這段期間曾經幫助過我們家的所有人，也提醒自己隨時要保持一顆謙卑的心。

記得慈誠結訓後和上人座談時，我向上人報告培訓的課程讓我深受感動，上人勉勵我不要只有感動自己，還要去感動別人。於是在二〇〇九年十二月十日上人行腳到臺中慈院，我在醫療科報告的會議中，鼓起勇氣向大家分享了我們家的故事，雖然家裡的種種風暴並不是一件光彩的事，但說出來後卻得到很多師兄師姊的回響與鼓勵，在這裡再度跟各位讀者分享，希望大家永遠都「要克服難，不要被難克服」。

一生最大的驕傲

花蓮慈濟醫院麻醉科主治醫師 楊曜臨

多年前當我決定離開臺中到花蓮慈濟醫院服務時，其實是在一種不太如意的狀況下，主要原因是那時候我跟家人處得不是很好。以前性子很剛烈，對事情有很多自己的主見與看法，而父母來自很保守的農村家庭，對他們而言，兒子簡直是一個外星來的新人類，長期下來溝通不良，嫌隙日生，我決定躲到全臺灣最難到達的後山，減少彼此的來往，作為抗議。

貧中生志

記得很小的時候，家裡的經濟狀況並不是很好，吃飯時，每一餐都是用一點點米煮成一大鍋稀飯，配菜則永遠只有一種，就是一顆蛋加上一罐土豆麵筋罐頭，記得有一次嘴饞，想跟母親要一點零用錢買點零食來吃，那個時候「乖乖」一包五塊錢，結果母親對我說他沒有五塊錢，問我可不可以把那五塊錢省下來。

上小學的時候，我最怕星期三與星期六，因為那是一個星期裡不用穿制服，可以穿著便服上學的日子，但我沒有便服，我只有兩件制服，另一件是學校發的運動服，我都穿著運動服去學校，不然就是穿著制服，然後假裝忘記今天是可以穿便服上學的日子，那時候班上有幾個頑皮的孩子，便常常以此尋我開心。

儘管家庭狀況不佳，父母親卻很重視我們的教育，在那個年代，讀書是唯一可以改變我們未來生活的辦法，我的數學不好，他們省吃儉用，也要把我送去補習班，當冬天來臨時，我就穿著一件棉質的內衣，外加一件學校發的外套，然後再把拉鍊拉得高高的，天氣寒冷，補習班的教室因為門窗緊閉，顯得氣悶，但我打死都不會把外套拉鍊拉下來，生怕被同學瞧見裡面只穿著一件內衣。

不顧反對　選擇麻醉

後來，準備上國中時，家庭的經濟也漸有好轉，父親為了讓我受更好的教育，到處去請託，甚至送紅包，把我送進以管教嚴厲著名的某私立中學，現在回想起來那真是一段苦澀的青春期，讀起書來很沒有成就感，少一分打一下，全班都是資優生，你怎麼考試都考不贏他們……雖然過得很辛苦，但畢業時，總算考上醫學系。當時全班有六十位同學，有三十八位考上醫學系，而我排名第三十六名。

大學畢業後，我決定選擇麻醉作為終生的職業，當時全家都跳出來反對，我可以理解父母的想法，「不外乎麻醉有相當的風險，掌控病人的生死壓力太大，及心疼自己的兒子可能半夜沒辦法睡覺，還要起來幫病人作麻醉……」在他們的眼中，「醫生」就是開個小診所，看看門診，有穩定的收入及生活就好了！那一陣子，他們見了我，時常碎碎念，我覺得很煩，我想要擁有自己的生活，不喜歡讓他們決定我的人生，我只是不想按照他們為我安排的路子走，而且我覺得我可以做得很好！

一直到我當總醫師那年，有一次意外，一個病人有機會救活卻失手，為此我自責了很久，有很長一陣子我沒有辦法作麻醉，每天去上班，我就躲在辦公室哭泣，一看到麻醉機眼淚就不禁掉下來，那個時候才曉得天下父母心，也不敢打電話跟父母講，我想他們一定很捨不得自己的孩子變成這個樣子。

我告訴父母我想要結婚的時候，原本希望聽到他們說：「孩子！恭喜你喔！你終於長大了！」我巴望地看著父親，可是他什麼都沒說，空氣大概凝固了半個世紀之久，我知道他們對我的選擇不是很滿意，但這不是我的人生嗎？不是應該由我來決定嗎？

經歷一連串親子之間的衝突、碰撞、衝擊，我覺得心灰意冷，決定投身偏遠地區的醫療，一方面可以做一些不一樣的事，一方面讓彼此保持相當的距離。

感謝母親當年的拒絕

我來到花蓮慈院的時候，是麻醉科內最年長的住院醫師，陳宗鷹主任很嚴格，但很用心栽培我，我跟著他去參加志工早會、人文營，也一起掃街、作垃圾分類，還去印尼參加義診，假日的時候也到醫院彈古琴給病人聽，與病人同樂。主任讓我去高雄長庚學習肝臟移植麻醉，到美國休士頓市的德州大學安德森癌症中心學習困難插管，希望我回國之後可以成為困難插管的種子教師。

升任主治醫師後，他讓我參與肝臟移植小組，我第一個念頭是：他瘋了！肝臟移植是所有麻醉裡風險最高的手術，全臺灣大概沒有主管會讓年輕主治醫師作這種麻醉，但是在他的指導下，成功了好幾例，當然要感謝很好的組員，他們可以跟著我一起整晚都不睡覺，然後連續工作二十個鐘頭，也沒有一句怨言，他們是我最好、最值得信任的夥伴，假如沒有這群好夥伴，我根本沒有辦法成就什麼。

在我心中，我永遠都記得我跟母親要五塊錢時，她拒絕我的神情；但是今天回想起來，我很感激那時候媽媽拒絕了我，因為她讓我明白，想要得到什麼要靠自己去努力，而當時讀書是改變我未來生活的唯一辦法。我也記得當我對著麻醉機落淚時，有一位麻醉護士，在我的背後對我說：「要加油！」我更會記得那位逝去的病人，他用寶貴的生命教導我，要更努力學習、更強壯，才可以幫助更多的人！

突然間我明白，一個人一生要有一點點小小的成就，並不是自己一個人很努力就能達到的，一路上不知要有多少人幫忙、護持，才能更接近成功的目標一點點。我很幸運，父母親一生辛勞，省吃儉用，讓我讀書時沒有後顧之憂，今天我才可以在這個位置上幫助很多病人；我有很好的師長引領我，很好的組員協助我，我跟他們一起成就了許多不可能的任務，他們都承載著我，我是踏在他們的肩膀上往上爬……

有一天，當我回家時，不曉得是父母變了，還是我變了，他們突然對我說：「孩子，我一生最大的驕傲是你在做慈濟！」我笑了一笑，我想我大概明白父母的意思，他們一生的心力都投注在孩子身上，以前那位常常忤逆他們的孩子，現在好像越看越滿意了！

多桑教我的事

玉里慈濟醫院牙科主治醫師　蔡瑞峰

看著父親認真為病患治療的背影，讓我從小就立定當牙醫師的志向，希望在學成返家後能有機會為他分憂解勞，然而就在醫學院畢業前夕，父親卻遽然逝世。之後，我雖順利完成學業並承接起診所業務，然而心中卻不免感到遺憾。二〇〇九年，聽聞玉里慈濟醫院需要一位牙科醫師，在與張玉麟院長懇談後，讓我瞭解到什麼是「守護生命、守護健康、守護愛」，也深切地體會行善和行孝是不能等的，於是決定來到玉里服務，要將過去的那分缺憾，轉化為服務偏遠地區的醫療職志。

出身日本東京齒科大學的父親，日治時期學成歸國後就以祖母之名在臺南市開設了「平安牙科診所」，記憶中的「多桑」（日語「父親」），總是習慣站著看診，從早到晚十餘個小時都是如此，就連晚餐也是下診後才吃，這樣堅持了數十個寒暑。問他為何要如此辛苦，多桑說：「多看一些病人，才能讓他們少痛一些。」這樣為病人著想的觀念，一直深深地影響著我，也讓我有了想為多桑分擔的念頭。

繼承父志 接下診所

長大後，我很幸運的以第二志願考上了臺北醫學院牙醫學系，讓多年來的願望有了實現的機會。求學期間，為了從多桑身上學得更多的診療專業和經驗，我放棄了玩樂的機會，利用每年的寒、暑假回到家中診所擔任助理的角色，在父親的身上，我學到了一位醫師應該具備的專業和體貼患者的心。只是，父親學識涵養實在太豐富了，加上還有許多醫療技巧要學習，畢業前的環島旅行，我也主動放棄。雖然，和其他同學比較下，我失去了大學生聯誼與遊山玩水的樂趣，但是卻多了能和父親相處以及學習的時間。

畢業前一年的實習，我申請回到了臺南的陸軍八〇四總醫院，在整整一年的時間中，只要有空我都會趕回家幫忙，平均每天站在診療檯前至少十二小時以上，只有到了星期日才有半天的喘息機會。如此密集的日本式訓練，雖然相當的累，卻給了我比別人更多的臨床經驗，也更能體會經營診所的個中艱辛。這樣的歷程雖然辛苦，卻讓我開始有了獨當一面的能力。所以當畢業前夕，遭逢父親驟逝的巨變時，我才有力量可以迅速地站起來，接手他以畢生心血經營的診所，繼續經營下去。那一年，我剛滿二十五歲。

記得多桑曾對我說過：「兒子一定要比爸爸強，一定要比多桑做得更好。」為了延續父親行醫的理念，我把這句話當成了個人的學習目標，雖然在我心中，多桑永遠是最棒的牙醫師，但是我不能輸給他。為了紀念多桑，我在診所內刻意不掛任何的牌匾，只有自己用毛筆所寫的兩行字，那就是：「子欲養而親不待，當思父親憶常在；承父之業、揚父之名，為人子責無旁貸。」我相信在行醫的過程中，沒讓他失望，雖然並不是最賺錢的醫師，但我確信自己是一位最認真替病患解決病痛的醫師。

一九八七年，為了小孩子的教育問題，我不得不暫時放棄熱愛的牙醫工作，和太太及兩個孩子舉家遷往了美國。在這塊陌生的土地上，過去的一切又重新歸零，幸好有過去訓練的基礎，讓我在遭遇任何困難之際，都能咬緊牙關闖出屬於自己的一片天。一九九八年，因為母喪的因緣，我開始接觸慈濟，之後藉著大愛電視臺的轉播，開始接觸上人的法，並期待著如果有機會的話，也能夠貢獻一己之力。之後，在一個偶然的機緣下，我看到了《大愛劇場——臺九線上的愛》，劇中張玉麟院長當年放棄高薪到花蓮和玉里服務的一切讓我心有所感，更再次燃起行醫的熱情，於是決定如果有空回臺的話，一定要到玉里慈濟醫院看看。

雖然，我曾暫時離開牙科本業，但是在美國的這段期間裡，卻不曾荒廢過相關的技術和知識。為了在牙科領域上持續精進，每當空閒之時，我都會到朋友診所內學習，在觀察的過程中間，除了複習過去醫療技能外，還藉此吸收到美國先進和創新治療模式，加上定期閱讀臺灣寄來的醫療雜誌，讓我雖在異鄉，卻能將過去所學的一切醫療知能，持續地烙印在腦海中，等待重新看診那天的到來。

上人感召　返臺行醫

離開的歲月總是漫長的，看著孩子們成長，逐漸步入社會，我想，是該回到生於斯、長於斯的故鄉了。

二〇〇九年，在表哥林元清醫師及表姊林幸惠師姊的介紹下，利用返臺的短暫空檔，終於來到我心目中只在大愛劇場中出現的玉里慈濟醫院；而張院長本人就如同劇中一般的親切、和善，在短暫的會面後，院長那以院為家的精神和用愛膚慰病患的理念，深深地打動了我。所以當下就決定，在美國的事業告一段落後，我將全心在這座偏遠的花東小鎮上，貢獻一己之力。

處理完美國的事業後，我開始積極籌備返臺行醫的計畫，原計畫回臺後馬上能夠看診，然而這才發現，依據臺灣醫療法規規定，若要重新執業的話，必須每年修滿至少三十個牙科相關醫療學分，這個插曲讓我原訂的美好計畫又不得不延期了，但有時因緣就是如此奇妙，正當遇到難題之時，得到近期臺灣將會開設牙科醫療的相關學分課程，於是我毫不猶豫，當下就定了飛機票從美國飛回臺灣上課。雖然一趟路下來所費不貲，但一切的付出都會是值得的。

還記得在返臺行醫的三年前，有一位同樣計畫從美國回臺執業的堂哥，曾邀請我在臺南共同經營一家牙科診所，當時的條件相當優渥，每個月至少有四十萬元的薪資外加每年近二個月的休假，但我卻未動心。有人問我是不是想養老才到鄉下，我說不是，因為我並不老，而是在和張院長深談的過程中，相當認同院長的理念，行醫的出發點就是「愛心」，這也是多桑教誨我的庭訓和作風，更是自己的原則和堅持，也是醫療志業的宗旨和上人的理想。

如今，我終於有此機會和榮耀來到玉里慈濟醫院服務，在一切上軌道之後，我期盼天天都能有門診可看，就如同回到過去年輕時為病患看診的歲月一般，能夠和病患們天天見面，盡快解除鄉親們的口腔疾病，是讓我最快樂的事，也期望能藉此因緣，貢獻個人在牙科醫療上微薄經驗，為醫療志業盡個人綿薄之力。（整理／陳世淵）

找回行醫初衷

臺北慈濟醫院麻醉部疼痛科主任　李俊毅

二〇〇九年，我毅然決然中斷二十年以來的臨床麻醉工作，卸下主任的職務，遠赴美國東岸約翰霍普金斯醫院進修慢性疼痛醫療。對一個中年男子而言，放棄一份駕輕就熟的工作，轉換一個懵懂未明的新跑道，的確需要一分過人的勇氣。其實，這些年來，慢性疼痛病患的無助，我一直看在眼裡，也放在心裡，一直希望可以幫助他們。但礙於客觀現實，也放不下既有的成就，一直猶豫不決，直到那個值班的夜晚，信手翻開《靜思語》，映入眼簾的簡單四個字：「做，就對了！」闔上書本，望著窗外，我聽見內心的聲音。第二天早上，我到院長室向趙院長報告——我要成為一個疼痛醫師。

疼痛，難以馴服的野獸

疼痛門診看見的，不僅僅是一個個頑固的慢性疾病，也是一則又一則有血有淚的故事。

陳老太太因牙床問題開刀，術後傷口恢復，但卻持續疼痛數年，看過多位有名牙醫，得到的診斷都是「牙齒健康，沒有問題」。為了不讓家人擔心，她假裝不再疼痛，常常在吃飯時間外出訪友（其實是因為無法忍受咀嚼的疼痛），直到家人驚覺她體重明顯下降……

中風後的徐伯伯在家人的細心照顧下恢復良好，也復健得很順利。可是不知怎麼回事，就是頭隱隱作痛。一開始家人還很關心，四處看醫師治療，可是一直治療不好。最後，家人甚至懷疑，徐伯伯是否為了爭取家人的注意而裝病。

長久以來，醫護人員與病患及家屬都把醫療重心放在治病，認為只要病醫好，疼痛就會消失。可是事實不然，詳細回顧人類醫療史，疼痛這頭野獸不僅不曾被馴服，隨著壽命延長，人口老化，這野獸越來越猖獗，嚴重侵蝕個人健康，家庭幸福和社會福利。慢性疼痛病患，一方面必須面對身體的病痛，一方面心裡承受無窮的壓力與折磨，他們不應該被冷落在社會的另一個幽暗角落裡，了解、關懷並給予適當的醫療協助，實在刻不容緩。

正值壯年的王先生是全家的經濟支柱，他從工地鷹架落下，幸運撿回一命，但創傷後揮之不去的背痛，讓他失去工作能力，全家經濟陷入困境。加上由於疼痛難以量化，不易規範疼痛治療的適應性，許多疼痛相關治療無法申請健保給付。

經濟拮据的他，無法支付醫師建議的自費疼痛治療，背痛夢魘終日纏繞，尋找工作遙遙無期……

世上最美的，是病人的笑容

三十年前，上人體會到「因貧而病，因病而貧」的道理，開創了慈善醫療的新頁。雖然臺灣全面實施全民健保，不但照顧全民健康，也減少了「因病而貧」的個案；但在慢性疼痛病患卻不然。

資料顯示，造成中壯年人口長期工作失能的原因中，慢性疼痛排名第一。失去工作能力，便無法支付醫療支出，更受困於疼痛的蹂躪，這種現象，國內外皆然。

每當疼痛治療後，瞥見患者滿意舒緩的神情，有時伴隨家屬感激的眼光，總是教人心情悸動不已。是的，免於病痛的折磨，不僅是人的基本權利，更是一種尊嚴。

或許醫師也無法解決所有的疼痛問題，有時面對病患無解的疼痛時，仍會感到慚愧與無助。國內疼痛醫學仍處於起步階段，慢性疼痛診斷與治療相對耗時，給付偏低，對醫院而言，醫療成本不易回收；另一方面，也難以吸引醫療人才投入。但只要回想起那天決定當疼痛科醫師的早上，趙院長輕拍我的肩膀，陪著我走出院長室，那是一種無聲卻最有力的支持；回想林碧玉副總說的那句話「慈濟只做對的事，不做賺錢的事」，我知道在這條看似孤獨的行醫路上，我並不孤單。

終於，我找回內心深處的行醫初衷。

實現全人照護的理想

花蓮慈濟醫院整形外科主治醫師　王健興

算算時間進入慈濟醫院工作已經十年了，接觸慈濟人醫會也將近十二年；在臺大醫院時就在陳慧娟師姊的介紹下跟著人醫會到小金門、澎湖等地參加義診，在住院醫師第四年時接受簡守信副院長的建議，決定到花蓮來服務，也正式簽署加入慈濟人醫會。讓我決定到花蓮來的原因除了這裡的好山好水之外，家人的支持、師長的鼓勵也扮演了相當重要的角色；在這個環境裡不只是一份工作，更有機會出去幫忙別人，不會發生想出去還要協調排假、又欠缺同道支持的孤單情景。

跟著人醫會在國內義診時，我對於「外科醫師能做的有限」這樣的感觸非常深刻；但是到了國外義診時，因為是整組人員包含麻醉、護理人員等一起出去，且有手術器械及手術房等設備，才能發揮我的專長幫助需要的人。

比如說到印尼義診時，外科醫師如我，就能在麻醉醫師的幫忙下速戰速決地處理如唇裂、腫瘤等問題。但是當地居民不只受病痛纏身，沒有能力看病才是他們的根本問題，曾經遇到一個三、四十歲的唇裂婦人，都已經結婚生子了，才有機會來做唇裂修補的手術，那一幕直到今日仍是印象深刻，可以在義診時進行手術使得我的那種無力感得以稍稍紓緩。但是我們醫師再努力也只是消除了病患的病痛而已，病患的整體生活環境並沒有改善，這樣還是不夠的。

國外義診 深刻啟發

國外義診的經驗對我的衝擊很大，我看到慈濟不只是醫病；慈濟人在印尼整建紅溪河，蓋大愛村，提供的是全人、全家以及整體的照顧，不只是幫助一個人，而是整體環境的改善，更是長期持續無怨無悔的照護及陪伴，在印尼照顧貧苦人家的生老病死，更提供他們教育機會，建設慈濟中、小學，讓小孩有機會受教育，許他們未來一個希望，不再淪落於貧、病、文盲這個惡性循環中。

後來我陸續又去了第二次及第三次的印尼義診，看到印尼當地人醫會來的醫護人員一直增加，因為印尼分會帶動了很多當地醫護人員加入人醫會來義診，有組織的推動，而且有了好的成果，讓當地醫護人員認同並加入人醫會。

這樣經由外援轉為自立自強，相信已經成了一個善的循環，甚至有時想想我們是否需要向他們學習學習呢？在慈濟，我除了有更多實現醫生助人的機會，這個團體還能夠提供許多醫療之外的幫助，不僅助人也是助己，達到了照護人身心靈之全人照顧。

這些年來參加過醫院的一些營隊，也參加國內、海外義診，更在二〇〇五年參加慈誠培訓並於次年受證，我想要由實際參與中去體驗，希望能從中體會出「慈濟」的真諦，但總覺得還欠了一些什麼。

知法行經　重拾初心

二〇〇七年，得知有「傳承靜思法脈，弘揚慈濟宗門」這樣的活動後，心想這是一個可以多認識慈濟及佛教的好機會，在排除值班及徵得家人同意後就報名參加了。忙完醫院的事後，直到週五晚上六點二十分才匆匆忙忙地進入靜思堂，卻望見大家幾乎全到了，且排得整整齊齊的接受學員長的叮嚀，那種整齊之美震懾人心，也使我感到十分慚愧，怎麼一開始就慢了半拍！

第三天的早課是禮拜《法華經》序，有了前一天的經驗，今天可以多花些心思在經序中的文字體會，一字一拜的參拜，靜坐及繞佛的過程，加上德宣師父介紹《三十七助道品》，從中更得到許多的明白，或許這些就是所謂的內功吧。如同外科醫師學會開刀是本事，但如何選擇適合病人的術式則是內功，也是得好好修練才能有所體會的。

德㑳師父導讀《衲履足跡》，更是讓我們如同讀上人的行事曆及日記般的深入慈濟世界，也由其中明瞭慈濟精神所在。從前在靜思堂旁斜坡道旁或到大學時都會看到「靜寂清澄，志玄虛漠，守之不動，億百千劫，無量法門，悉現在前，通達諸法，得大智慧」這三十二個字，但是我一直有看沒有懂，也不知道其中的真諦，經過這次營隊，我才體悟到其中的意思，是要行善，而且要堅持下去，許多的真理在我們面前以不同的形式表現，不斷地提醒我們，別忘了初發心，精進再精進。

一次營隊活動，不僅讓我們一窺佛法的殿堂及奧妙，更帶領我們深入了解，「佛法生活化」不只是口號，也讓我們看到實行的方式。更重要的是這次小小的閉關，也讓我心情得到沉澱，重拾從醫的初發心，落實在日復一日的工作中。

知足心　感恩情

花蓮慈濟醫院品管中心主任、麻醉科主治醫師　李毅

一九九九年，從國外回來，懷著對慈濟的嚮往及不習慣都市裡擁擠及吵雜的生活方式，我決定投入花蓮慈濟醫院的懷抱。

回想當時的麻醉科，四位主治醫師中，有三位即將調任至大林及關山慈院，沒有住院醫師，臨床工作非常繁重，沒有醫師有教職，也沒有任何研究論文發表。除此之外，二年以後即將面對最關鍵的醫學中心評鑑。

在此情況之下，我被副總及當時的陳英和院長委以重任，擔任科主任一職，內心十分惶恐，好在陳院長推心置腹，副總也對科內需求無不應允，因此在短短二年之內，科內延攬了四位主治醫師，也在陳院長勉勵下，趕在醫院評鑑之前，我發表了四篇論文，刊登在國內外醫學雜誌上。

在提升醫療品質方面，積極引進新技術以提升麻醉安全，並且發展術後疼痛控制，質與量皆達到國外水準，使病人開刀後恢復品質大為提升，也因此得到評鑑委員的肯定，沒有在醫學中心評鑑中成為醫院的負擔。

曾經有人問我，在慈濟沒有認識半個人，在花蓮沒有任何親戚朋友，你怎麼敢來？在臺北，我原任職的醫學中心同事說，我已經身為資深主治醫師，居然會到一個白天工作多，晚上值班頻繁（比他們的住院醫師還多），教學研究壓力重，還要支援關山及玉里慈院的地方，感到不可思議。

當時，我實在無法回答這樣的問題，在極為疲累時，也曾有不如歸去的想法。但是，每當我環視周遭，看到陳院長經過一整天勞累的手術，夜晚仍在查房看病人的背影；看到醫生與護士不眠不休，在人手不夠的狀況下，二十四小時奮戰的身影；看到志工們毫無怨言，隨時伸出援手的慈藹面容；我發現原來在這個醫療資源貧乏的地方，在慈濟醫院，有這麼一群人，在用一種原始而良善，似乎已經讓我遺忘許久的價值觀在生活著。

尋回「初發心」

我也曾好奇，這一切的背後有著什麼樣的力量。有一天，聽到上人的開示，勉勵我們要常保「初發心」。我突然想起在我的案頭，一本醫學院一年級時家父送我的，如今仍在使用的醫學字典，在第一頁自己寫下史懷哲的一句話：「忠於你自己，也忠於別的人們吧！而你的努力應當在愛之中。而你的生，應當是行為。」我雖然常用這本字典，這一頁卻很久沒翻動過了，因為上人的開示，讓我重新翻到這一頁，重燃起年輕時的熱情，也發現，在這個可愛的地方，竟然有那麼一群人，正與我當初一樣的「初發心」在生活著。

上人說：「不要貪名，也不要著利，很純粹的救人的感覺真好，這也是我們的目的」，又說：「若守住本分，時時撥開煩惱，不受污染，就不會迷茫度日」。原來，在許多即使是醫師也免不了貪高位、圖厚利的社會風氣之中，在慈濟卻有這麼一群人，所以不會迷茫，正是因為有著上人的開示，遵循當初習醫的「初發心」，在堅守著自己的本分。我愈來愈感到，精神上的振奮與收穫遠高於我體力的付出，也愈來愈發現，無法離開這裡的兄弟姊妹了。

如今，麻醉科已升格為麻醉部，部內現有八位主治醫師，其中三位副教授，二位助理教授。並且有五位住院醫師，共同承擔每月約一千二百臺手術的麻醉。我也升等為助理教授。回首五年半的光陰，慈濟麻醉部跟隨著醫院成長，我也跟著慈濟成長。上人曾說：「只要方向對，不怕路遙遠。」我想，路也許還長，但是，只要常保初發心，堅守本分，就不會迷茫，就是對的方向。

寫到這裡，辦公室電話又響了，是一個男性病人因為工作切斷了四隻指頭，看樣子，今晚又將是一整夜的奮戰……

註：本文寫於二〇〇四年，李毅現為副教授。

善護愛的種子

北區慈濟人醫會牙科醫師　蔡宗賢

二〇〇五年年九月，參加五天的國際慈濟人醫年會，中秋節當晚，在靜思堂裡的講經堂晚會上，從證嚴上人手中接受了「人醫楷模獎」這分榮耀，心中有許多的忐忑和不安，誠如高雄葉添浩醫師所說：「這是一份做得不夠的鼓勵獎。」因為做得不夠，故當我耳聞玉里慈院缺牙科醫師，就把握因緣前往學習，近一年來因成績單不夠漂亮，故有許多不安；而忐忑的是全球人醫會、甚至玉里慈院，許多默默付出的志工都比我更有資格領取這個獎。

一九九九年，我因為九二一地震而進入人醫會，每次出門義診都受到師兄姊細心地照顧，牙科助理們隨時提醒要多喝水，偶爾要起身走動，還被督促著要快去用餐，而機動師兄更是從早忙到晚，一整天十二個鐘頭下來，依然神采奕奕、笑咪咪地；最令我汗顏的是他們陪伴民眾那分柔軟的慈悲和溫暖。

義診參與　心靈啟發

回首自己三十年來的行醫路上，曾經只因一句不中聽的話，便很粗魯地把病人趕出診所；曾經不斷嫌棄助理做得太少且不夠好；曾經因為自己業績比不上同學，而有了「校友聚餐恐懼症」；曾經與媽媽意見不合而爭得面紅耳赤；曾經看到別人受苦受難，自己卻無動於衷；曾經在茶餘飯後，用很多力氣在抱怨這個社區、批評這塊土地。

因為九二一地震，我被資源回收「送進了慈濟」。我開始學習以理直氣和去面對病人，以尊敬包容的心去和新進人員一起成長，以不計較、不比較的心讓自己輕安自在，以孝順來回報父母親的無怨無悔；在快要移民前，看到藍天白雲慈濟人付出無所求地為災民送溫暖；在對這塊土地信心不足時，聽到大愛臺姚總監說：「如果我們每一個人伸出一根手指頭，臺灣就不會向下沉淪這麼快。」上人期待我們能學習小鳥救森林大火的宏願和勇氣，發大心，立大願。

「做就對了」，上人在印尼義診團出發前夕，告訴每一位成員：「義診就是要帶去一點點愛和關懷，付出同時還要感恩。」；在小金門，幫一位伯伯看完牙，跟他說感恩，他回敬了我一個舉手禮；在福建福鼎，民眾穿戴帥氣漂亮，只為了要讓臺灣醫生洗個牙；而在河南固始，沒有義診券的民眾被公安強力阻隔在柵門外，他們要的不多，只想看個病；在印尼雅加達，幫小朋友看完牙，跟他說Delimagasi（謝謝），再跟他握個手，他竟接過我的大手，輕輕地在手背上吻一下。

哇！我何德何能？想到民眾往後好幾個夜晚會因為看好了牙而可以睡個好覺，剎那間，以病為師那種感覺真好。

做慈濟　自己也受惠

領受了上人不捨九二一倒塌學校的孩子沒有教室可以好好上學的那分大慈大悲，我開始學習勸募；上人還鼓勵大家以鼓掌的雙手投入環保工作，我就以「礁溪環保阿嬤」九十高齡投入環保的實例，與媽媽、丈母娘分享，她們因而投入資源回收，憂鬱和失眠不藥而癒，對孩子們的擔心和掛慮也都能慢慢轉為祝福。

爸爸媽媽臉上的笑容增加了，鄰居發心成為會員護持慈濟，而投入夜間環保站的環保志工也不斷增加，還多了位三歲的環保小菩薩。在診所有位候診的客人，因為打死一隻誤闖入的蟑螂，而跟我說：「蔡醫師，我殺生了。」「沒關係，幫牠助念。」診間氣氛頓時一片祥和。診所像個道場，醫病關係從權利和義務般冰冷，漸漸地因懂得感恩和祝福而溫暖許多。

還記得那一天，我去臺北仁愛醫院腸胃科複診，並複習病歷，廖主任是我的學姊，「蔡醫師，你的肝硬化已經十年了，狀況還不錯，你做了什麼？」哇！已經二十年了，身體狀況能維持不錯，其實最要感恩我的太太，因為她要我多吃有機蔬菜，還和兒子、女兒當糾察隊，嚴格規定晚上十一點以前睡覺，如果超過時間我眼睛還亮著，他們之一一定會走過來把閱讀燈關了；而且為了善待我的肝，十年前開始健康素食。「我做了什麼？」回想近十年來，唯一的不同就是我每週到玉里去看好山好水，呼吸新鮮空氣，難怪學姊聽我說後直說「要跟我去」。

二〇〇五年時，我發現右手拇指在彎曲時會喀喀作響，而且出力時會很痛，復健科說這是牙醫師的職業病——「扳機指」，除了做復健和超音波治療，如果再不好，就要考慮開刀，雖然自己是醫師，但聽到這些，心裡還是會毛毛的；也是好因緣吧？因為松山到玉里的火車時程約四個鐘頭，剛好可以讀讀上人的法，因為感動，也有些開悟，便提起筆抄寫，抄著寫著，嘿嘿，我的大拇指彎曲時沒有怪聲音，而且也不痛了！醫師告訴我是因為手指頭伸展開了。好棒，對不對？

受證時，上人所賜的法號是「本萌」，我想上人是期許我努力去撒播愛的種子，並且用心呵護每一顆種子，使之生根萌芽、成長；二〇一二年三月初，太太正式退休，我們決定移居花蓮，正式投入玉里慈濟醫院的服務陣容，在啟程前夕，願恭敬而虔誠地發願：「上人，我會更努力的！」也感恩全球慈濟人一直以來對人醫會的護持與祝福。

菩薩的祝福

臺中慈濟醫院中醫部主任　陳健仲

二〇〇七年五月底，證嚴上人行腳到臺中，當時還在一家醫學中心工作的我，因緣際會和上人見了面，他提到臺中慈院要成立中醫部的想法。「我想遞辭呈！」回到家，說了這句話，太太瞪大眼睛看著我，沒辦法立即回應。雖然她在慈濟當志工也快六年了，但聽到只跟上人見一次面的我馬上就做了這麼大的決定，對她還是很震撼的！

何止是太太震撼，有這樣的起心動念，我自己也是震驚的……

記得當初，臺中慈院要成立時，原服務的醫學中心管理階層舉行會議，討論臺中慈濟醫院成立可能造成的影響。當時認為第一波影響就是人事變動，而大家都認為我不會離職，因為我很「死忠」。只有一位院長認為我會離開，因為，我是虔誠佛教徒。然而，真正決定要離開，不只是因為宗教，還歷經了一個月日夜苦思、輾轉反側的內心煎熬。

回想那幾年，我在醫藥大學擔任附設醫院中醫部主任，工作日漸龐雜繁複，外面的人看我風光體面，但我卻覺得自己真像一隻老牛，拖了一輛大牛車。除了醫院的事情，學校工作也越來越多，每天從早到晚都像在「做工」，在授業解惑的教育機構，卻沒有時間和同仁好好談心相處、更不能靜下心來做整體規畫和凝聚共識，漸漸地，彈性疲乏了，越來越沒有目標。那時自己也在找出路，不是想換跑道，而是要再找出更有執行力的方法，不過，最後認為問題還是在自己。

其中最讓我害怕的是，幾年下來，竟漸漸磨掉了我對中醫的熱情，加深了看不到前景的迷茫。

想想，人生也過了一大半，我要的，到底是甚麼？

就在這時候，肝功能異常的警訊在一年中出現了幾次，擔心也隨之而來；再下去，不知道哪一天真的會倒下去。然而，那也不過只是換來旁人一聲聲的讚嘆和憐惜罷了！我也不用擔心，中醫部主任還是會有人來接的。只是，我最親的人，該怎麼辦呢？除了我，有誰真的關心這件事呢？

「要離開醫藥大學。」我用感恩和另外一種使命感的心情做了決定。

重燃對中醫的熱情

過去的困境，我用正面思考的角度面對，我清楚，問題不可能因為轉換跑道後就不見了，這個功課還是會繼續跟著我走。只是，環境不同，會有新的挑戰，問題也會不同；但是，慈濟道場是以「行」門為主，反而讓我找到過去我想找的答案，用歡喜心，隨境而轉，正向思考。

太太曾問我，如果最後我沒選擇臺中慈院，會不會後悔？我想，我是會後悔的！因為，過去的學習，讓我有能力將這個地方，建設成一個中醫藥培育人才的搖籃，怎能不選？更重要的是，上人希望臺中慈院能成為世界中醫藥的典範，讓我重新燃起對中醫的熱情和人生的使命感。

這幾年來的努力，也確實讓中醫藥，在臺中慈濟醫院有了更好的規劃發展，也為將來的願景，奠下基礎。不攀緣而隨緣、結善緣，果然心境轉了，善巧方便，反而事情做得更順。

「以人為本，尊重生命」，我認真想過，慈濟的理念真的適合我。每天在佛教的道場裡工作修行，常常令我感到一種幸福。上人教導的「誠、正、信、實」，也內化為自己行為的依歸。來到慈院，真正感受到作為一位醫師的天命和價值。這是我最大的收穫，也是菩薩給我最深的祝福！

上篇 坐看雲起時

貳、生命延展慧命永續

醫療的心靈地圖

大林慈濟醫院院長　簡守信

外科加護病房的時針指著凌晨兩點三十分，呼吸器及生理監視器低沉單調的背景聲中夾雜著病人不安的呻吟。護理人員發現病人腹部的敷料又滲濕了，而傷口的滲出物中竟夾雜著血跡。值班的外科住院醫師被緊急呼叫來到病榻。這位年輕的外科醫師仔細地清洗了傷口也找到了出血點。做了妥善的處理後便想走回值班室，把握那僅剩不到二個小時可以休息的時刻。

就在這個時候，他看到在加護病房的另一個角落有個熟悉的身影，那是他的老師，正守在前一晚剛接受完移植手術的病人身旁。由於病人一開始的狀況不太穩定，他就在病床旁拉了把椅子坐下來，緊盯著生理監視器和尿管、引流管，注意有沒有什麼異狀，並且隨時提醒護理人員該做什麼處置。

隨著病人的生理徵象漸趨穩定，他疲憊的身軀也才漸漸在病人規則的心跳聲中，坐在椅子上沉沉地睡去。年輕外科住院醫師看到的不只是之前在病房巡診或手術檯上指揮若定、號令三軍的統帥；更是一位有血有淚、深情款款的男子漢。在病人最需要的時刻，他給了他的肩膀。

說到移植手術、肝臟移植手術之所以能順利在我們的醫院進行，除了國內外的培訓觀摩和動物實驗之外，在大體老師身上進行的模擬手術更讓外科醫師心領神會。開刀細節在大體老師以身示教的同時，肌肉紋理更轉化為生命紋理，神經血管也化身為無語良師的深刻叮嚀：「寧可你們在我身上劃錯千刀萬刀，也不可以在病人身上錯劃一刀」。

經過這樣的洗禮，外科醫師不會只是武功高強的小李飛刀，也不會是拔劍四顧心茫茫，不知道醫療方向依止的專業人員，而會成為「刀鋒常帶感情」有血有肉的漢子。

參與模擬手術教學的不只是已經往生的大體老師，主刀的醫師及學生在課程前會拜訪大體老師的家人。當家屬椎心地追憶起老師生前的點點滴滴和這段時間天人永隔的思念，這個技術成長的課程有了生命的氛圍，生命當然也就不再只是公共衛生統計學上的冰冷數字。

做該做的事　而非想做的事

一位大體老師的女兒提到她最珍貴的回憶是父親在散步中對她的叮嚀。那時候，爸爸知道她工作上有些瓶頸和挫折，特別提醒她：「做該做的事，而不是想做的事」，而那次的散步是在爸爸動脈瘤破裂突然往生的前一天晚上。

透過家訪，透過大體老師的家人，醫師學生們沒辦法親耳聽到的叮嚀卻在轉瞬間成為未來行醫地圖的心靈導航。醫療加上人文，正確的說應該是醫療回歸人文，是如此的動人。

在我心中深深刻印的，是十多年前懷抱著希望，由越南慈濟人協助，飄洋過海赴臺就醫的十二歲小弟弟官世成。官小弟四歲被火紋身後，因家貧無法得到妥善治療，顏面及四肢嚴重萎縮、變形，左腳長期潰爛不癒，一個孩子拖著殘破身軀，八年的光陰時常進出醫院，根本無法就學。

經過大林慈院醫療團隊一個半月的治療，原本被越南當地醫師診斷需截肢的左腳傷口，透過手術處理，設法保全了下來，還增強了嘴巴的咀嚼及語言功能。

在復健訓練之後，官小弟出院時已經能夠不在母親攙扶下行走，見到官小弟快樂而堅強地邁開腳步，心裡既高興也帶著不捨，因為他在治療期間承受的痛苦，所展露的韌性為同年齡孩童所不及。

透過了醫療團隊的努力，幫助一個原本需要截肢又失學的孩子重拾健康，順利成長就學，更改變了一家人受高額醫療費拖累的命運。在這過程中，也讓我們一再地感受到醫療的使命。

病人，是身為醫護的我們心中永遠的牽掛，期待我們以「志業的心」做「專業的事」，成為慈濟的「發光體」，讓醫療的心靈地圖時時刻刻閃動愛的光輝。

醫者的形象

花蓮慈濟醫院院長　高瑞和

小時候在寫我的志願的時候，通常都是寫工程師，要不然就是寫科學家，腦子裡壓根兒就沒有「醫生」這個字眼。因為從小對醫院或診所的觀感並不是很好，那裡充滿了藥水味道，而且醫生伯伯常常會賞賜一針在屁股上，想來就不舒服。不過，這個觀點在我高二的時候改變了。

我在建國中學就讀二年級時，正面臨要選組的抉擇。那時，大學聯考分甲、乙、丙、丁組，甲組是所謂的理工科系，丙組則是包含醫科及生命科學方面。雖然我的生物學科一直都考得很好，但我並沒有改變小時候的志向，還是想選甲組。有一天母親問我：「要不要考丙組，因為當醫生也可以當科學家啊！」我想了幾天，覺得母親的提示有道理，就報了丙組。

因此我一生志業的決定，是揉合了我家人的期望以及我個人小時候的夢想。

而在臺北醫學院讀書時的青澀歲月，每天抱著解剖學的聖經《Sobotta》，把每一根骨頭，每一條神經及每一塊肌肉的名字記下來，但腦子裡不太清楚醫生的形象是什麼，就這樣懵懵懂懂讀到大五。

七年實習　突然開竅

大五是個轉捩點，因為開始到醫院當「克拉克」（Clerk），就是見習醫學生。我見習的醫院是林口長庚醫院，第一天到了長庚醫院就讓我目瞪口呆！這麼大的醫院，這麼多的醫護人員以及這麼多的病人。印象中，第一次看到當時心臟科權威主任，頭上微禿、矮胖，前排醫師服沒扣而讓它敞開著，後面跟著一群醫師及學生，威風凜凜的從我眼前走過，我好像看到一位蒙古大汗。我心想，要當醫生就要當這樣的醫生！

後來，我才了解當醫生不能只看外表，醫師對醫學充滿熱情，並且累積了足夠的內涵，自然就會散發出自信與個人特色。

而到了七年級當Intern，也就是實習醫學生的時候，我對醫學才真正開竅，突然之間，過去所學那些枯燥乏味的東西活了起來，我從病人身上印證了教科書上的內容，比如說Charcot triad（查克特氏三合症）——病人若有發燒，右上腹痛及黃疸，那就要懷疑膽囊炎，這時候排個腹部超音波，抽個血就可以證明對不對。臨床醫學真是太有趣了，我小時候對醫生、診所的刻板印象至此都拋諸腦後，代之而起的，是一個崇高偉大、充滿知性的形象。

當完兵，原想回實習的醫院當內科住院醫師，但我卻改變想法，到當時臺南剛成立的成功大學附設醫學院當第一屆的第一年內科住院醫師。

很多人會問我的一個問題：為什麼我會選擇腫瘤科，答案很簡單，因為它最神秘，最頑強，是最令人敬佩的敵人。我的人生有好幾次，都在決定性的時刻做出與預設不一樣的決定，現在看起來，我真是很幸運，每一次都做了正確的決定。

其中一個最重要的決定就是到慈濟來。那一年是一九九三年，我在成功大學附設醫院完成了腫瘤科的專科訓練，本來順著父母期望回臺北，恩師曹朝榮醫師幫我安排好到臺北的大醫院工作，一切似乎都那麼理所當然，但是我的內心卻想望著山的另一邊，那裡有慈濟醫院，是一所佛教醫院；還有一位師父，是證嚴法師。當時的我所知也僅僅如此而已。

醫者不只看病　還要拔苦予樂

私底下做了功課後，發現當時東部地區竟然沒有任何一位血液腫瘤科醫師，當下，我就決定到東部的慈濟來，因為臺北不差我一人，但東部這裡需要我。記得我第一次見到林碧玉副總，她堅定的下巴以及熠熠有神的眼光向我訴說這一家醫院未來的發展，在我心裡燃起一股熱情及一個鮮明的形象，當天我就簽了約。

一人科的日子真是辛苦，但我心裡卻很充實。東部民眾相較西部，多了一分淳樸與憨厚；特別是原住民的朋友們，有時候我覺得他們更懂得禮貌。就這樣，我從跟病友的互動中得到很多感動與啟發，對於生命有更深一層的認識與體會，我終於了解什麼叫「無緣大慈、同體大悲」，上人為什麼要稱呼醫生為「大醫王」。

我過去對醫者形象認知所缺的那一塊，終於慢慢湊齊，輪廓也鮮明起來了——「醫者不能只是一個會看病的專業人才，他還要有一顆柔軟的心，能拔苦予樂，膚慰病人」。這種感悟，也只有在慈濟世界中才能體會到！我當初若到了其他醫院，大概都不會有這樣的感悟。

一九九六年，我負笈英倫，在倫敦大學的國王學院修習腫瘤研究的博士班。這一趟英倫之旅開拓了我的視野，不但讓我了解所謂的「科學」是什麼，更重要的是讓我了解人類生活在這地球上是息息相關、共生共榮的，我們要更謙卑，要尊重各種不同的文化、人種、宗教及生活習慣。

一九九九年完成學業回到慈濟，繼續我的行醫生涯，再加上一點醫學研究，但還是維持「一人科」。一年之後，李啟誠醫師從臺大完訓回來，我們兩人一起服務更多的病患。當時的腫瘤醫學已經漸漸脫離了「不知而行」的年代，各種生物醫學的進展慢慢揭開了腫瘤的神秘面紗，在傳統的化學治療中開始出現了所謂的「標靶治療」。

最重要的是那一顆心

二〇〇三年為了建立完善的骨髓移植中心，我又前往美國西雅圖的佛來德哈欽森癌症研究中心（Fred Hutchinson Cancer Research Center）研習骨髓移植術。骨髓移植是一件非常耗費資源及人力的醫療技術，但是對於許多白血病的病人而言，這是唯一的救命機會。雖然辛苦，但是當知道移植成功的那一剎那，內心充滿了感動及感恩，再多的辛苦也值得。

不僅如此，我們醫護團隊與病人以及家屬都成了好朋友，像一家人一樣，相親相愛，互相扶持，每一年的骨髓移植病友會，大家都從全臺各地趕過來，為的是要跟大家見一面、敍敍舊，因為我們曾經共同打過美好的一仗。

醫病關係的親密莫過於此，我心中充滿了感恩。感恩每一位病人是如此的信任我們，毫無保留的把他的身體與心靈託付給我們，而我們從他們的身上看到了生命的堅持與勇氣，我也很感恩我們的醫療團隊，真正做到了人本醫療，尊重生命，永不放棄每一個白血病的病人。

之後我又歷任了一些行政職務，這些經驗讓我更了解現代的醫院是如何在運轉它每一天複雜的工作，真是嘆為觀止。每一個螺絲釘都不能鬆掉，要不然就有病人安全或醫療品質上的問題。任何一種醫療行為都要有一套標準作業。每一位醫生除了自己的專業技能外，還要有溝通能力，要能與醫護團隊合作，始能達到最佳療效。

然而，在我從醫二十三年之後，最大的體認是，當醫生最重要的是那一顆心，那一顆心決定他是不是良醫；那一顆心決定他願不願意半夜起來為病人開刀；願不願意徹夜查資料，為病人找尋更好的治療方式；願不願意花半個小時的時間聽病人述說他的病痛；願不願意在病人臨終前握住他的手，給他祝福。這就是醫者的慈悲，唯有具有菩薩心腸的醫生才能成為良醫。

因此，現在我腦海裡的醫者形象，不是年輕時代夢想的那些人；我腦海裡看到的是杜詩綿院長、曾文賓院長、陳英和院長、丘昭蓉醫師、林俊龍執行長等，而他們的背後就是證嚴上人慈悲的身影。

我心底的力量

臺北慈濟醫院院長　趙有誠

一九七四年，十大建設開始的第二年，我進入了醫學院。在臺灣經濟即將起飛的年代，能成為一位醫師是許多人的夢想，不過，入學後一開始的基礎醫學課程，許多內容需要背誦，讀起來沈重又乏味；等到進入臨床課程才感覺醫學其實非常生動。而直到當了實習醫師在醫院與病人互動之後，我才真正喜愛上醫師這個行業。

早年的醫病關係建立在互信的基礎上，病人將生命託付給醫師，醫護用心日夜守護，不論結果如何，家屬都感恩與善解。那個年代沒有醫師、護理師在計較照顧了幾個病人，自己有多久沒有好好睡覺了，更不會抱怨只有加班沒有放假。大家為了病人，也為了醫療職業的使命感，即使身體疲累心中都還有那分榮耀感；所以病人超多時，還暗中歡喜自己是多麼地受人信賴。

曾幾何時，病人對醫護過程多了要求與質疑，卻少了感恩。抱怨、爆料、訴訟等煩心的場景，讓不少醫護同仁卻步，也開始憐惜自己在工作中所承受的精神與肉體的雙重疲憊。

美好年代　病患如友

很慶幸，我的醫師人格養成，還是在那個美好的年代；而過去三十多年行醫的經驗，讓腦海中時時縈繞著溫馨的醫病故事。診間裡的病人，不少已是二、三十年的朋友，以及他們介紹來的親朋、晚輩，他們的生命都曾經歷過一段病苦，而我在他們的生命中曾經盡心診治，減除了他們的病苦，也陪伴他們渡過難熬的日子。因此，每次在診間相見，腦海中總會浮現當年他們臥病在床的模樣。

還記得近二十年前，一位嬌小的少婦因為胃痛求診，我替她安排胃鏡檢查，很意外的發現胃的底部長了胃癌，必須立刻請外科切除。她和先生都很訝異，她那麼年輕怎麼會罹癌呢？但她還是聽從我的建議做了胃部切除，術後還必須每個月接受化學治療，落盡了一頭秀髮。每個月回診時，蒼白虛弱的她坐在診療椅上更顯瘦小，不過她總是默默微笑，由她先生代為發問。

為了貼近我說話，先生總是彎下高大的身軀蹲在我面前，重覆地懇求說：「我太太對我很重要，醫師請您一定要醫好她，她要替我照顧小女兒，還要替我煮飯、洗衣服，我不能沒有她！」六個月的化療終於結束，少婦又長出了黑髮。爾後就是定時追蹤，確定癌症沒有復發。

每半年一次坐在我面前的診療椅上，她依然微笑少言，她的先生也依例蹲在她身旁，憐惜著太太，一面懇求我一定要照顧好他最珍愛的妻子。年復一年，每次檢查證明一切平安，他們就會安心的相視而笑，而我也鬆一口大氣，因為他們還有一個小女兒，高大的先生又如此依賴著他嬌小的妻子。

某一年複檢的日子又到了，年輕婦人依約前來看診，卻是由一位陌生的鄰居婦人陪同，仔細問診後，我也依例安排了後續超音波及胃鏡的檢查時間。

在她起身離開前，我隨口問道：「怎麼先生這回沒有陪妳？」她傷心地轉身趴在鄰居懷裡，低聲哭了起來，原來先生以夜間開計程車為生，某天清晨她開門時發現先生已在家門外往生，警察相驗判定無他殺嫌疑，就這樣一個無常，她成了單親媽媽。

往後的日子裡，追蹤的時間只須一年一次，不過每次檢查我都特別用心，特別仔細，彷彿她的先生還蹲在我面前叮嚀一般。她依然微笑寡言，問一句答一句，陪她來的小女兒每年都長高了一些，就這樣，也將近二十年的光陰飛逝了。

轉換跑道　網路尋醫

二〇〇八年，我轉換跑道至臺北慈濟醫院任職，來不及一一通知以前的病人，不過拜資訊發達之賜，她的女兒在網路上又找到了我。再次於門診見面時，女兒還抱了一個小孫子，我對婦人說：「好像阿公哦，你做年輕阿嬤了！」我們彼此會心一笑，他的先生似乎一直蹲在我們心裡。

許許多多動人的醫病故事，就這樣默默地常駐在我心底，鼓勵著我、支持著我，永保醫師初發心的力量。

慈濟病理十六年

花蓮慈濟醫院病理科主任　許永祥

時間過得真快，一九九〇年七月十六日報到後，不知不覺已在本院待滿十六年了，每天的生活是由切片、診斷、上課、討論會、開會所組成；日復一日，看似很平淡，不過，這十六年來有許多要感恩的人、事，還有一些令人難忘的回憶。

不棄不離一家人　做就對了！

感恩死忠的伙伴，十六年來不棄不離，大家像一家人一樣，彼此關懷，打造慈濟病理的歷史。記得當年要籌備醫學院的病理實習切片，從我拜託黃朝鎮組長及程文祥大哥協助切片開始，累積到現在，想不到已將近有四百五十個切片案例，每次帶學生看切片，就覺得有一股暖流在心中，謝謝大家。

記得蘇益仁主任（現為國家衛生研究院臨床組組長）在一九九〇年時來院協助建立病理科，當時就提出要收集Gross（外科標本）做為日後醫學院學生教材。學生二話不說就開始著手，第一階段用塑膠袋內裝福馬林加封口，相當克難，第二階段改成壓克力盒，到第三階段時，黃德修教授訂製三種尺寸的標本盒，利用每年暑假請醫學系工讀生做成精緻的教學標本，目前已超過四百個標本案例。

期間感謝楊子孟醫師、孔睦寰醫師幫忙拍照及影像處理，終於完成了慈濟醫學院的病理標本。感恩當年「一念心」的堅持，才能完成這樣艱難的工作，現在每次在上課講解時，都會回憶起和老師及同學努力打拚的點點滴滴。

幸有歷任院長的支持，還有社服室顏惠美師姊帶領志工團隊的「加持」，以及病理團隊的努力，從第一例病理解剖至今已完成二百六十例，在屆滿十六年之際也舉行了第一百次的臨床病理討論會（CPC）。

感恩大體老師　病理學無止境

感恩臺大醫學院侯書文教授自一九九一年主持第一次CPC至今，仍不斷地指導及勉勵，還有許多院內、院外的前輩先進不斷的支持及鼓勵，才能有今天豐碩的成果，並且有幸能將這些案例提供給別家醫院進行臨床病理研討會，幫助醫學教育的養成提升，最可貴的莫過於這些資料都成為本校Gross Teaching（外科標本教學）的教材，目前在整理這些病例，回憶起許許多多難忘的人，有慶祥師伯、男男……感恩您們大愛的付出！

二〇〇二年夏天，本科經歷了境外移入狂犬病的解剖病例，感恩新光醫院李進成主任、臺大獸醫系劉振軒教授及醫學院陳立光院長的病毒團隊幫忙，順利培養出狂犬病的病毒，當時解剖發現病人合併急性呼吸迫窘症候群，也是造成病人往生的主因，然而用免疫染色及聚合酵素連鎖反應（Polymerase Chain Reaction，簡稱PCR）均無法在肺臟組織內偵測到狂犬病毒。

這個問題一直困擾著我，幸有博士班學生廖碧虹承接進行動物實驗，發現實驗動物的肺臟症狀，從間質性肺炎到不同程度的肺水腫都有，讓我非常興奮，目前正要進入下一步的機轉研究……做學問就是這樣永無止境，真是令人樂在其中。

大學畢業前與三五好友相聚，大家談到二十年後的夢想，我依稀記得當時說：「二十年後我當病理醫師，而且會帶一支夢幻棒球隊。」想不到今年剛好畢業二十年，而這個夢想實現了。緣起於二〇〇三年春季大醫盃壘球賽在本校假國福球場舉行，有幸能看到本校醫學系同學以優異球技贏得季軍，從此結緣，榮任球隊領隊。

每週有空我一定會和這些選手打球，這幾年陪他們到東華大學參加東華盃得到第三名，也遠征成大及北醫，最令我感動的是球隊同學除球技外，品格教育非常成功，每次比賽完畢，必定感謝裁判、感謝觀眾、感謝場地，這就是真正慈濟大學的教育。

總之，十六年來沒有留白，不虛此行。展望未來，希望很快的將完成第三百個解剖案例，並希望培養出更多的病理新生代專業人員，也能快速的交棒傳承。

註：此文寫於二〇〇六年。至二〇一二年四月，已完成三百一十七例病理解剖個案。

走出哀傷的守護者

花蓮慈濟醫院外科部主任暨慈濟器官勸募中心主任　李明哲

過去談器官捐贈，都是從大愛為出發點，強調這個行為能救人、幫助人，成就慧命；但是這種高尚情操的實現，多數落在身陷意外驚惶與極度悲傷的家屬身上，要他們做出這個決定，背後的痛楚與兩難，常是導致捐贈難以成功的主因。

其實，最早期我們只做器官移植，過一段時間之後才開始勸募器官；坦白說，勸募器官是源自於想要做器官移植手術，因為有許多等待移植的病人，苦無器官，再好的醫術也無用武之地。為了要有器官，在「結果論」的醫療模式下運作，壓力非常大；因為想成就完美的移植手術與存活率，移植小組只問勸到多少器官能夠進行移植，怎麼會沒有得失心？這個

「得失心」導致小組成員倍感艱辛與壓力，更因為背負著眾人將勸募者視為不幫病人治療，只在等待病人死亡的禿鷹之誤解，滿是挫折沮喪。

醫師變家屬　左右為難

這些年來發生了許多事，轉化了我的想法，釐清了我的困惑，讓器官勸募團隊的中心思想不偏不倚地、很正向地運作。這期間我碰上了第一個無力的挫折，在花蓮器官移植小組成立第十年的二〇〇五年，我第一個換腎病人在術後因急性呼吸衰竭導致敗血症死亡。這是一檯風險不高、難度不高的手術，且病人的死因並非手術失敗，雖然責任並不在我，但這個生命還是在我手中流失，這個事實幾乎將我擊垮，「器官移植手術真的對病人好嗎？」各種正反念頭在我的腦中不斷往返激辯……

其後又遇到一樁非專業上的考驗；一個移植病人的女兒出意外腦死，病人將女兒捐不捐器官的決定交在我手上，由我全權處理。根據我身為醫師的專業，要下決定不難，捐贈器官或是帶回家，二擇一而已。但當「移植醫師」變成「家屬」的角色，我……也一樣無法決定了；看著眼前一個年輕的生命躺在加護病房，我扮演著父兄的角色時，反而畏縮了。「的確很難」，我也開始進入了家屬「等待」的本能反應，想著「等一等吧，或許會醒過來也不一定……」。

我必須承認，過去在面對家屬要做出決定時的拖延、遲疑，我內心是「不屑」的，怎麼都要擺到「真的要走了」、「器官快不能用了」才做出決定？因為從移植醫師的角度，越新鮮的器官，移植成功率越高；相對地，拖得越久就會影響移植成功率。

但是，經過了家屬角色的洗禮，我才體悟，原來，一直以來，我們給病人家屬的時間太短了，幾天而已，就要他們做出決定，幫腦死的親人捐出器官，如何不難？在悲傷反應的四個階段歷程，從否定到接受的時間，兩小時到好幾年的都有；要非醫療專業的家屬在七十二小時之內，接受親人必然死亡的事實，談何容易？尤其是為親人捐器官，這是要背負一輩子的重大決定。

許多的疑惑將我帶進了生死學的領域，醫學教育教我的，是「求生」，把病人照顧到好；而腦死，在醫療上是不會好、沒辦法活了，治療也沒有用了；然而，課本沒有教的是，醫師放棄治療，家屬的感覺是更加徬徨無助。

現在已有安寧療護，但照顧的僅限於末期癌症病人，對於非癌症病人的善終，讓病人自身能接受死亡、如何幫助家屬面對死亡等等課題，都是非常重要的。

器官捐贈　功德回向

所以，我找到了答案——醫生應該要好好地準備病人的死亡。過去只對病人、不對家屬，醫療的目的只是為了治好病人；現在我了解，「當沒有機會救病人時，應該好好對待家屬，讓他接受。」可是要如何幫他們準備呢？

那就是要將勸募與移植分開，勸募不一定要成功，不一定要走到移植；我們開始改革勸募團隊的作風與方法。器官勸募的目的，是要讓病人家屬轉化悲傷，讓他們清楚，在面對親人確定死亡的狀態中，有一個機會，若願意捐贈器官，親人死亡的事實將會伴隨著救人的喜悅，那是一種情緒的昇華。

雖然，絕對無法平撫哀傷。團隊的志工、社工投注了大量的時間、精力，去陪伴家屬，了解病人的背景、在家中的角色，陪著家屬回想病人的過去……然後進入未來，已經無法避免死亡的親人，卻可以幫助數個人、數個家庭。醫療人員只支持，不左右決定。

雖然最後病人仍然會死亡，但是透過器官勸募，間接提昇家屬對死亡的見解，甚至讓他在悲傷之中有喜悅。而在我們投注心力幫助家屬，即使最後仍然決定不捐器官，還是照顧到家屬的心了。

心境轉變，擺脫勸募器官的數字壓力，每一位病人與家屬都很重要，能否勸募成功不再是重點。

我們把角色從過去為人詬病的有如等在屍體旁的禿鷹，轉變為守護者，傳揚生命終點的剩餘價值；已經無法發揮功用的器官轉而捐贈他人，有如在佛教中宣揚的「將功德回向給病人本身」，以這樣的理念進行器官勸募，家屬也感受到我們的真誠，成功捐贈器官的人數反而在這樣無壓力的狀態下，不減反增。

在勸募器官告一段落、過程結束之後，對於家屬的照顧沒有因此而終止，仍然持續地輔導陪伴，即便會花很長的時間。因為在慈濟，幫助病人與家屬，才是最重要的目的，不會因為沒有獲得器官而棄病人與家屬於不顧，而是更加珍惜。從二〇〇六年至今，我對生命觀感的改變，帶動了團隊，也傳遞給了家屬。

大愛大捨　生命轉化

器官勸募，不應該在臨床時，而應該著重在平日的教育、宣導，如同百年大計，平常時候就養成觀念，就不用到了事件發生的當下難以抉擇。把捐贈器官的決定交由他人決定，是太殘忍的事，現在臺灣也可以自己先登錄器官捐贈意願，這也是我們努力推廣最樂見的結果；不僅能夠對器官移植有幫助，更能對整體社會有助益。

算一算，投入器官勸募與移植已經超過十五個年頭了，每一年我們會舉辦「感恩音樂會」或是病友與家屬聚會的「希望同學會」等活動，感恩捐贈者家屬以及捐贈者，也讓器捐受贈者同聚；一方面是藉此再度宣揚器官捐贈的理念，另一方面也是要了解家屬的情緒狀態，希望這樣的活動讓家屬感受到更濃厚的生命轉化的喜悅，為逝去的親人感到安慰；希望讓他們知道，因為他們勇敢的大捨行為，社會多了許多愛的訊息，我們希望最終能夠改善社會的風氣，讓社會多一些溫暖。

　畢竟一個人獻出生命，讓另一群人的生命再度重生；試想，一位母親懷胎十月，怎麼也不可能一次孕育出十個生命，但這卻是捐贈者大捨器官救人的成就。我們還會繼續努力下去……

守護伊比利斯

花蓮慈濟醫院神經外科主治醫師　哈鐵木爾

「我是哈鐵木爾，哈醫師，哈哈笑的哈，鋼鐵的鐵，木頭的木，爾雅的爾，不是耳朵的耳」，我都是這樣介紹自己的。父親屬於泛蒙族，是蒙古族的一支，據考證應該是古代契丹的後裔；母親則是臺中閩南人，父母因緣際會在臺北相遇，所以有了我們這些後代。

走上醫療路，很慚愧地說句實在話，不是我自己選的，也是因緣際會，加上父母的期待造就的。

二次大戰期間，受到日本「大東亞共榮圈」的宣傳操作，父親從故鄉熱河到日本留學。而母親也因當時臺灣是日本殖民地而接受日本教育，隨後到日本留學。所以父母都能說流利的日語，也受到日本文化很深的影響。在日本的傳統文化裡，對醫療行業相當推崇、認為社會地位比較受人敬重。

因為父母的希望，加上我自己也喜歡自然、生命科學的領域，有幸在佛菩薩的安排下，能夠到陽明大學醫學系就讀。經過幾年寒窗苦讀，在一九九八年畢業，取得醫師執照，順利走上從醫之路。

取得醫師執照後，依照臺灣的制度服兵役，我到部隊去擔任醫療軍官，還記得是到外島澎湖去，服務了一年半。接著，到臺北榮總神經醫學中心接受完整的神經外科住院醫師訓練，約莫六年半，其中有三分之一的時間都參與臺北榮總癲癇中心、兒童醫學中心神經外科的工作。當時也承蒙一些前輩、老師對我相當賞識而傾囊相授，讓我對於兒童腦部的先天異常疾病、癲癇的發作診斷治療，也有相當程度的學習，慢慢誘導出我在這方面的興趣。

妥善治療 公平照顧

對於不了解的人，癲癇（Epilepsy，二〇〇七年更名為「伊比利斯症」）聽起來似乎很駭人，其實是因為腦部中樞神經系統的「電路」出現不穩定的異常現象，導致有時會突然癲癇發作。至於為什麼會持續投入神經系統異常的疾病領域，尤其是深入兒童的先天異常、癲癇？

現在回想起來，因為癲癇這個問題大約有三分之二是從兒童就開始了，其餘三分之一則是年紀比較大、成年後腦部外傷或生病後造成的後遺症。一九九九年九二一大地震後，我來到花蓮慈濟醫院服務，接下籌設癲癇團隊的準備工作。主要是我深深體會到，不管是任何神經系統疾病，往往都會造成殘障問題，以先天性的腦性麻痺為例，如果能讓孩子越早得到妥善治療，或許無法把他恢復成完全健康正常，但是有機會可以減少他的殘障程度，對他的整個家庭來說，不單是一個孩子的改善，父母親、祖父母的精神耗損與負擔都會減少很多；相對地，家中其他健康的兄弟姊妹，也可以得到長輩、家庭更公平的照顧。

而把問題想得更廣、更遠，我所努力的，固然無法把不健康的孩子變得完全健康，但是能減少他兩成、三成，甚至五、六成的不便、殘障程度，將來他長大之後有機會能自己照顧自己，自己吃飯、自己處理日常起居，那麼，就算二、三十年後，甚至四十年後，父母老了，孩子變成中年人，能夠托養到福利機構去也比較讓人安心。

這就是我當初所發的宏願——能夠讓每一個孩子盡量接受照顧、治療，讓他所獲得的利益回向為父母五、六十年的安心；相對一個子女盡孝道照顧老人，我覺得更有意義。

換一個角度來看，以臺灣現今的醫療資源分配來說，往往老人所得到的醫療資源比小孩更多。雖然同樣是弱勢團體，但是老人本身或子女提供的經濟資源較豐足；老人家老了或有積蓄、或有子女需盡社會責任奉養他們。反過來說，若是孩子有疾病障礙，必須全部仰賴一對父母，若父母親處於社會弱勢，有一個這樣的孩子將是很大的障礙，這個家庭的經濟會被拖垮。

譬如說，家裡孩子有障礙，父母的兄弟姊妹不會分擔小孩的照顧問題；但是若是父母親生病、不便，兄弟姊妹卻有責任一起來分擔照顧的責任。也就是說，一個老人可能會有兩、三個子女來支撐，但是一個小孩只有父母來負擔。所以，異常的孩子更弱勢，更難得到資源，若能讓有異常孩子的家庭負擔減少，對於整體社會更有幫助；這是我當初的發心。

互相合作　貢獻力量

而要在醫療的臨床與研究教學上更專業、更有進步，必須不斷充實知識，更要建立一個團隊，我非常希望能用團隊的力量來從事這些事，因為個人的力量有限，很多醫學問題對全世界來說都是困難的，若要突破，必須結合不同領域、不同專長的人互相討論，我覺得個人沒有什麼大長處，若有可以拿出來說的，就是我非常樂意跟別人合作，長久配合，讓大家共同貢獻力量去幫助病患。

大家願意合作，也需要互相忍讓，互相配合，才能將團體的力量發揮到最大，我非常樂意作這樣的事；這就好像在慈濟裡面，上人給我們很多方向的指導，但是不論在任何小組或分區，這些組長也好，各組分區委員也好，大家做的工作都是忍讓、配合，讓團體更好，這也是我從慈濟師兄師姊的志工運作得到的啟示。

對我來說，能在一個佛教團體工作，是非常大的福氣與福報。我本身的傳統信仰是信奉藏傳佛教，也就是以前說的喇嘛教，事實上是藏傳北傳佛教，我也作了正式皈依，就是灌頂。來到慈濟，就是希望能在一個佛教的環境裡付出，能夠做到上人說的「為佛教為眾生」的努力。

自認為自己不是多麼佛心師志的人，但是在卑微的心靈裡，還是不斷地想要提升自己，所以非常仰慕佛陀的心，上人給我們的志向，希望努力地往正確的、對的方向，努力地慢慢的匍匐前進，希望能讓自己變成一個更好的人。現在覺得自己還是做得很少，努力還不夠多，但是身為一個佛教徒，能在慈濟環境裡為佛教做事，能夠幫助眾生，對我來說就是一個莫大的福報跟光榮。

一直到今天，我還是努力地在醫療團隊中幫助病患，也與不少的孩子和他們的家人建立起良好的互動關係，當然也有不少成人患者；若這樣算得上是一點點小成就，只能說達到小小的自我於累世修行的過程中一個小小的里程碑。最重要的，還是希望當有一天我要回西方，或是往生、轉世的時候，反觀這一生，能夠肯定自己這一生有做出一些努力，無愧於心，這也就是我這一生的目標。

醫療心團隊

臺北慈濟醫院婦產科主治醫師 許耀仁

在靜思精舍參加人文營時，聽到上人說：「我也會開心」，後來請教德慈師父才知道上人所謂的「開心」，是要把人的心結打開，讓心裡的光透出來，讓人不要為煩惱糾纏。上人的一、兩句話，就能讓人開心；而從醫療從業人員的角度觀察，我想醫師能救治的是一個患者的「三分身病」。

曾經有一位患者來到臺北慈院求診，發燒到攝氏四十度，病因是子宮和卵巢化膿，白血球指數升高到二萬多、免疫系統癱瘓。醫師看到的是症狀，是「果」，但「因」還是要經過了解。患者在開刀前一天說起，如果要倒出心裡的垃圾，可能要十幾個垃圾桶；相形之下，醫療方面的處理，無論是打抗生素或開刀，反而顯得簡單了些。

把心打開　讓光透出來

針對「身病」，我為患者治療；而「七分心病」，志工師姊關心她，我們醫生也和她多聊，進一步了解她家裡（婆媳、夫妻和子女）的困擾，在病床邊聽她講，一講講了兩個小時，讓她盡情傾訴心裡的苦。

身為婦產科醫師，我們觀察到婦女疾病以內分泌問題為多，包括甲狀腺、乳房、子宮、卵巢等等，這些疾病其實和情緒及生活壓力、經濟壓力、人際關係的壓力有很大的關係，所以才需要「知足、感恩、善解、包容」的「四神湯」。在慈濟愛和感恩的信念之下，心是平和的；在慈濟醫院裡頭，最多的是愛，是感恩，特別是有很多師兄師姊人間菩薩。

醫護人員如果能先讓病患開心，把心結打開，讓內心的光先透出來，點亮心燈，再施以醫療方面的服務，才是對患者最好的照顧。

曾經有一名即將產下第二胎的孕婦，在待產過程當中，子宮收縮，我們發現胎兒的心跳從一二〇、一三〇，降到五〇到六〇，情況相當危急，經緊急聯絡麻醉科、小兒科和開刀房，立刻準備動手術。團隊整合相當快，特別是開刀房團隊，二十四小時待命，雖然當天凌晨四點才開完骨科的刀，但接獲消息之後卻能迅速整合，參與搶救。

心念堅定　上達諸佛聽

我們為產婦麻醉之後，不到一分鐘就把小嬰兒抱出來，交給小兒科照護。聽到小嬰兒哭聲的一剎那，大家都好高興，也鬆了一口氣。由於有團隊協助，才能順利搶救生命。感恩麻醉科團隊、刷手、外科助理和其他工作人員，大家不分晝夜，配合外科醫師，展現犧牲奉獻的精神。也很感恩小兒科醫護同仁，將小寶寶的身心狀況維持在最佳狀態。

當時我的心情是：這裡真的是有愛、有神的地方，在上人的醫院做事，相信自己必能救活這個孩子。開刀的時候，我也特別向上人、向菩薩祈禱，我心裡想，在上人蓋的醫院救人，心念、信念都要很堅定，只要相信自己能救寶寶，就一定可以救得成。事後有人問我，半夜開刀累不累，我說不會，因為開刀時已經「入定」了，非常專注，在這麼危急的情況下，動員這麼多人，救活了這個寶寶。

所以說，心念堅定是很重要的，心口一念，能夠上達諸佛聽。很多助力出現，集眾人之力，共同完成搶救生命的使命。醫師的心念小，可以救活一個寶寶，上人要救的苦難這麼多，我很感恩天、感恩地，感恩上人，感恩所有志工菩薩，感恩眾生，更感恩同仁的付出、團隊的力量，真是慈濟合心、和氣、互愛、協力的表現極致。

傾聽家屬心聲

花蓮慈濟醫院內科加護病房主任　黃寒裕

慈濟醫院已經邁入第二十七個年頭，證嚴上人從無到有勸募愛心，創立，志工師兄師姊的護持，及前輩醫護們辛苦的經營，才有今日醫學中心的規模與專業；站在前人肩膀上的我們，自當更加努力，守護民眾健康。

花蓮慈院加護病房，肩負花東地區百分之五十重症病患的服務量，為東區重症病患的最後一道防線，對於所有病患，我們都予以收治，絕不推拒。內科加護病房的平均住院日約為五天，不僅病患出入頻率極快，病患人數也很多，使得病房常處於加床狀態，相對地，醫護同仁承擔著相當大的工作負擔。首先一定要特別感恩內科加護病房的所有工作同仁，毫無怨言地承擔如此繁重的工作量。

然而，在完成繁重大量工作的同時，有否兼顧服務品質，需要比較客觀而直接的方式才能得知；舉辦「家屬座談會」的想法，於焉而生。考量加護病房平均五日的住院天數，因此規劃每週舉辦一次。算一算，至今已經持續兩年半的時間了。

每一場家屬座談會的參加成員，除了我之外，第一及第二內科加護病房護理長也會參加，另外請大夜班剛下班的兩位護理同仁輪流出席。這是一個極需耐力的工作，真的感謝同仁的配合。

與家屬面對面座談了這麼些時間下來，有許多讚美的聲音。但，每次我都強調，這個場合，我們想聽批評的聲音。也因此，不乏一些會讓我們面紅耳赤的景況，因為家屬的批評及感受，有時與我們預期的截然不同，而不少問題甚至是醫療照護之外的衍生，讓我們知道不只要照顧好住在加護病房裡的病人，服務品質也要延伸到陪病的家屬；這段時間以來，許多家屬也提出有建設性的意見，讓我們有了改善及激發創意的機會。

改善服務　激發創意

首先是手機充電器接頭不符的問題。陪病家屬對外聯絡的工具少不了手機，然而，由於陪病時間較長，常使得手機沒電。因此在本院內、外科加護病房前設有投幣式充電器，然而因為通訊工業蓬勃發展，同一廠牌的接頭時有不符的情形，且充電效率不佳，導致設立手機充電器的美意反而招致民怨。另有家屬說其他醫院可開放自行充電，後經與總務室溝通，已公告若有手機不符規格的家屬，可直接至總務室充電。然而因擔心全院的用電安全，不建議開放家屬自行充電。

還有家屬休息室的改善。起初，內科加護病房的家屬休息室為木板床，並無床墊，後經家屬提醒新設立的外科加護病房的休息室配備有床墊，轉知總務室內科加護病房的休息室也已全面補齊。而後又有家屬提出休息室並未男女分住，導致女性家屬的困擾，無法好好休息，而休息室出入的問題也導致安全上的顧慮。

後與醫事室及警衛室溝通，目前男性家屬統一入住外科加護病房的男性家屬休息室，內科加護病房的家屬休息室改為女性家屬入住。此外，醫事室在家屬登記休息室時，會發給床牌卡，警衛人員在晚上巡邏時，會根據最新的入住名單查核，以保護家屬安全。我想，這在所有醫學中心的家屬休息室，應是創舉。

當感冒的、年紀太大或太小的家屬想要進入加護病房探病時，我們建議要戴口罩。因此，常有家屬抱怨往往需臨時趕至地下一樓的福利社購買，也擔心錯過探病時間，造成不便。因此在廖佩玲護理長的巧思下，我們建議總務室增設口罩販賣機。此一措施在內、外科加護病房同步增設，讓探病的民眾少走一段路，讓他們在探病時段的心緒，不至於因為忙著準備口罩，來回奔波而變得更紛亂。不過一般健康民眾進入加護病房，只需洗手及穿隔離衣，並不需要戴口罩。

很多事情，真的只有使用者才知道。有一次，家屬提出盥洗室的蓮蓬頭架設位置不對，我們立刻實地訪查，確有不當之處，很感恩這位家屬的提醒，與總務室溝通後更改了一次。沒想到隔一週的座談會，同一位家屬又提出來，原來是未修改至最合適的位置，總務室的同仁很快地再修改，達到民眾的最佳需求。這件事讓我內心很感恩，感恩我們擁有最有耐心的工作團隊，這在其它地方，我想幾乎是不可能立刻完成的。

諸如此類的事件，感恩相關單位在一而再的請求下，仍能極具耐心的立即完成改善動作，特別是總務室的主管與同仁，充分表現出團隊合作的默契與動員力。民眾也從立即改善中，感受到我們對於服務品質的堅持與認真。

震撼教育　好還要更好

座談會的存在，還讓醫病之間多了一道緩衝空間；家屬對於院內其他單位的抱怨，我們也把握機會說明。例如，某家屬提出某日病患在急診室等了一個小時，才有空床可以躺下。經瞭解後，向家屬說明因當天是星期一，急診病人較多，等待時間比較久，才得到諒解。沒想到家屬座談會還能讓我們聽到家屬對本院的抱怨，也協助向相關單位反應，減少醫療爭議的發生。

而對於護理同仁的教育功能，則是我始料未及的附加價值！在經歷一次次與病患家屬近距離的溝通，我們始終保持謙虛的態度，接受民眾的批評，參與的同仁也瞭解到自己的服務與接受者的觀感，從家屬口中得到最直接的回饋。護理同仁反應，起初她們會覺得是「震撼教育」，但隨著時間增長，大家都變得更有經驗，耐受性更高，求好還要更好，更能以病人角度來看事情。

這批護理同仁，說她們是全院最優秀的一群，並不為過。舉例來說，醫院評鑑時，委員來加護病房訪查，要求一位住院醫師示範身體檢查給他看。在住院醫師開始動作前，照顧的護理同仁林佳燕提出，她要先跟病患知會一聲，此舉得到評鑑委員最高的讚賞，也給予我們極高的評價。

無獨有偶，護理組的評鑑委員看到本院家屬座談會的紀錄後，大力讚賞，當然也提出建議，希望家屬提出的議題，在下次座談會時我們要提出後續追蹤處理的報告，我們也虛心受教並確實執行。家屬座談會，我們會持續辦下去，因為從各方來的回饋顯示，「家屬座談會」對焦慮的家屬們，提供了一個在醫院遇到困境後，實際解決問題、紓解焦慮的雙向溝通管道；院方積極主動，也拉近了醫護與民眾間的距離。

承擔起內科加護病房主任之責的這幾年，身處胸腔內科領域的我，開拓了一塊新的福田，直接聆聽家屬心聲；我親身感受到加護病房護理同仁的認真，實在是病人之福。而我能做的，就是安住家屬在院內的生活，讓他們放下焦慮的心，專心陪伴病患度過入住加護病房的低潮期。

註：本文寫於二〇〇八年一月，家屬座談會持續舉辦至今。

上篇 坐看雲起時

參、醫心依止處

人醫心路

皈依　歸醫

臺中慈濟醫院神經外科主治醫師　江俊廷

成長過程一路順利，還穿上白袍當醫師，眾人口中「好命」的小孩，應該指的就是我這一種人。平順而單純的生活，促使我對社會百態的好奇和嘗試，我曾經一度天真地以為，天底下最好的職業是黑道，感恩生命的引領，進入慈濟醫院工作，讓我學會不同的思考方式，生命的歷程也開始不同。否則，也許終其一生，我就只是一個懂開刀的人而已。

結束在長庚醫院神經外科專科醫師訓練後，我曾經在南部的某家醫院執業一段時間，純樸的鄉下地方，充滿著許多「新鮮而誘人」的第一次等著我開發。在那裡，菸、酒、檳榔與粉味一應俱全，還記得我曾跟著黑道老大到一家餐廳吃霸王餐，一群人不但不付錢，還把老板叫出來，問他

「吃完這餐，還要送什麼給我們？」

我還曾在值急診班時被老大叫出去喝酒，被交代的小弟拿著槍站在急診門口，威嚇所有救護車把急症病人轉走，讓我順利脫身。當時有酒國名花左擁右抱，這樣的日子曾經被我以為是前所未有的快樂。當時只覺得，這樣的生活沒有壓力與負擔，當黑道真是天底下最好的職業。

事實卻是，熱鬧後的空虛啃蝕著我，一旦一日無酒就無所事事，一個星期醉五天，整個人像吹氣一樣胖起來，尿酸高到我全身關節都痛，身體的戕害日益嚴重，看診的時候，病人唉唉叫，他叫、我也叫，兩人唉在一起，都快分不出那個是醫師、那個是病人了。

參與慈濟　萌生懺悔

這樣「匪類」的生活過了一段時間，加上鄉下地方的醫院神經外科只有我一個醫師，覺得繼續留下的話，成長有限，於是，臺中慈院啟業時，決定回到中部的故鄉。

在成為慈濟志業體的一員之前，對慈濟的印象就是「很多阿姨、阿嬤參加的團體」，初來乍到，也多少參加一些活動，後來發現受證同仁明顯改變，二〇一〇年自己也加入培訓，從精彩的課程中，得到很多體會，最大的改變是學會了反省與感恩。

慈濟說不完的感人故事，總在我的內心激盪，因此而萌生懺悔，很多院內同仁、志工都聽過我那些懺悔的故事，但是我依然隨著時間而時起時落，無明也常常考驗著我，常會不解「為什麼別人都不知道我？」「生命的意義究竟在那裡？」「還能堅持多久？」有時連自己都忍不住懷疑。

直到二〇一一年四月初，一幅來自患者的贈畫，像一大盆清涼水當頭澆下來，我突然明白，「除了當一個開刀的外科醫師，還有很多事可以做。」這幅畫的作者，是我四年前的患者。二〇〇七年時，她還是個在唸國中二年級的小妹妹，由媽媽騎機車載她回家，途中先被路邊突如其來打開的車門撞飛出去，又遭後方的貨車攔腰輾過，緊急送到急診室時，人還清醒，雙腳還能抽動，但是力量漸漸變弱，進手術室開急診刀時，雙腳已經完全沒有力量。

從病程變化的跡象判斷，小妹妹被車子壓過去傷到了脊椎，當時估計如果搶救速度夠快，也許還有進步的機會，但不敢讓家人抱有太大希望，只保守回答有可能全癱，最好的結果是一輩子拿拐杖走路。女孩的爸爸同意拚拚看，想不到，手術後第三天，腳就會抽動、一個月後，她像個機器人可以自己站起來，小妹妹休學一年全力復健後，再復學唸商業設計，目前已是高二學生，當年的意外，只剩下手術的傷口。

病患醫師　互為生命中的貴人

小妹妹生平第一個得的獎，是「全國學生美術比賽臺中縣初賽」佳作，她把得獎的畫轉贈給我，感謝我是她的貴人；其實在我最無明的時候，她不知道這幅畫給我的影響力有多大，我說，「你才是我的貴人」。我好感動，感動的不是她花了多少時間畫這幅畫，而是她和這幅畫要跟我說的事──本來小妹妹可能終其一生要癱瘓坐輪椅，結果不但站起來還畫了這幅畫，給我的體會是「小妹妹雖然當年跌了一跤，可是她知道要把握生命，就還能再發光發熱！」反躬自省，當下發現生命的意義不是能穿多高貴的衣服、享用多精緻的美食，坐多大的位子，而是能做多少事、能付出多少。

從小妹妹身上，我發現自己還有用！應該要把可以做的事再多發揮。

回首荒唐路　感恩遇明師

最近，證嚴上人獲選全球百大名人，還被外國媒體尊為「聖者」，我覺得實至名歸。但上人沒有親自去領獎而是委由美國慈濟人前往，因為他說：「這是所有慈濟人成就的榮耀」，這分了不起的胸襟，讓我十分感動。

這件事讓我聯想到，患者贈畫給我，是因為我名字放在主治醫師上，但成就醫療的背後，還有麻醉、加護病房、開刀房及復健與護理團隊等許多無名英雄，如果他們知道小妹妹今天恢復得那麼好，還送來一幅得獎的畫，應該也可以給他們很大的感動。

那段與黑道為伍的日子，如今再回頭看，還是覺得好荒唐，像夢一般的不真實。要不是進入慈濟工作，有這樣美善的環境改變我的思維，我可能就只是一個會開刀的醫師，收到贈畫只是用來炫耀自己的醫術多棒、多受患者歡迎……

雖然當初培訓慈誠，也是看到很多同仁都有那張「證照」，存著我也一定要有的心情接受培訓，但真正上過課程，尤其是參加義診、當志工的時候，沒有領薪水，但是自己甘願去做，日子真的很不一樣，而這一路走來，也讓我終於找到了今日懂得感恩的自己，真的很快樂，也踏實走在行醫之路上，這樣，才真的變成一個好命的小孩。

當醫師流淚時

臺中慈濟醫院呼吸治療科主任　黃軒

從小，我就有個夢，以後我要當個詩人。然而，當我看到醫師可以把一個病人的生命，從糟糕的情況變好，並能健康出院，我覺得能救人真是好神奇，我也想試看看……

就這樣，踏上了行醫的旅程，選擇了胸腔內科，雖然必須面對許多重症病人，但在病人瞬息萬變的呼吸之間，卻同時感受到生命的珍貴。

前不久，無意間看到電視新聞播出皮膚科醫師翁雯柔因肺癌過逝的消息時，心中並沒有太強烈的感觸；因為對我而言，每天都必須和病重病苦的人在一起，幾乎每天都用經過專業訓練過的口氣和方式告知病人——肺癌是第幾期……治療效果如何……儘管過程中，病患、家屬甚至我的專科護理師或學生聽了都流淚，而我卻不會，難道是我鐵石心腸？還是毫無感動嗎？

生老病死　恬然面對

我不是個不會傷感的人，有時候，我還是會因為病人的情況變糟而感傷。週日放個假，星期一回來，又是要面對許許多多肺癌的病人，有些人不接受治療，有些人的情況走下坡，當然也有人的病被治好，在治療的過程中，每個病人都走入我的生命之中。

其實，我每天悲憫的陪肺癌病患過著每一天，甚至肺癌患者的故事，我也常會記錄下來。過去，我就喜歡寫文章、寫詩，正好董氏基金會要成立戒菸部落格，就這麼剛好把文章貼上去分享。也許，在白日必須堅強面對著病人的病情與情緒的起伏，當夜深人靜面對自我時，把文章寫在部落格上，也是種情緒的宣洩；一如翁雯柔醫師和她媽媽也寫日記，只是我是替我的肺癌患者寫回憶錄……

陳小姐，四十二歲。第一次來門診看我，是因為肺癌轉移到全身，她有備而來，準備了過去一年在醫學中心的整個治療計畫，和厚厚的病歷影印本，我相信翁雯柔的病歷也是如此。我看了，就問陳小姐：「為甚麼來看我？」她笑說：「我也不知道，只覺得呼吸不順，我就來了……」專注看著她口紅畫得又亮又紅，還畫上眼影、修眉毛，她大概也發現我在打量她的打扮，她笑說：「病情愈來愈退步，我化妝卻沒有退步……我在做人體試驗的醫師都說腫瘤有縮小，然而我卻不覺得……」我輕拍她肩膀，要她有問題記得隨時來找我，她微笑點頭。

三天後一大早，看到她已列入住院新病患名單，心想：「她這麼快就回來了？這次怎會要住院呢？」那天早上我去看她，她已無法說話了，她握著我雙手勉強著嘴形說出「謝謝！」我和她彼此緊握雙手久久不已。我和她沒說話，見她嘴角依然露出微笑，之後沒再醒過來，直到心跳停止，嘴唇口紅依然鮮紅，我竟看不到亡者發紺的唇色，她真的把自己畫得太漂亮了，不是嗎？只是她在等我到來，才願離開嗎？

每個人，要經歷生老病死，卻不是每人能恬然面對病重和死亡，上人也說過：「心病最難治療。」我曾遇過慈濟的委員來找我，面對我跟他討論任何的肺癌治療計畫，她都搖搖頭，不想接受也不願治療，把心封閉了；但是前一陣子看到同是慈濟人的李國銘師兄，他面對疾病的心是敞開的，雖然主治醫師不是我，但是我都會跟主治的劉建明醫師一起討論，了解他的狀況，看到李師兄，真的會讓我們很感動。

生命的無常 醫者的悲憫

二、三年前，我遇到一位十七歲的少年因咳嗽來門診，經過胸部X光一看就知道有嚴重積水，這孩子還跟我要求說：「我能不能考完學測再住院？」我堅持不行，「你一定要接受治療！」孩子焦慮眼神看我，「已準備好幾個月了，不可以放棄……」我深吸一口氣跟孩子說：「來，我們打一個承諾，若下週回來沒好，我們一定來住院。」我伸出小指和他打了勾勾。

一週後，孩子回來門診安排住院，在得知是惡性腫瘤後，他的情況急轉直下。他爸爸知道是癌症後，在病床邊告訴了他，我看到這個年輕男孩在哭泣，哭了一個下午，之後，我都不敢正視他的臉，因為年輕的臉龐，病重的臉色，實在捨不得……

年紀輕輕就因為癌症的嚴重併發症全身感染。當時，我在加護病房裡，與血液腫瘤科姚朝元醫師站在一起，兩人不發一語，看著他父親冷靜拍著兒子的腳「快起來動啦！快起來啊，起來啊……」三十分鐘裡他不斷重覆一樣的話，我看了除了心酸還是心酸……唯一能做的，就是向他的學校爭取，發一張畢業證書給這孩子。其實面對每一個肺癌病患，我還是站在希望他們能接受治療的立場，因為疾病都會走向死亡，雖然肺癌是一個棘手的疾病，但是接受治療，就能有更多天活著的希望。因為活著就有希望，不是嗎？

回到翁雯柔醫師和媽媽之間的溫馨互動，我相信身為醫師的翁雯柔得知肺癌轉至腦部後，她了解癌症是不可能輕易消失的；她卻為了安撫媽媽，在做完正子攝影後，對媽媽說：「肺癌腫瘤既然可以上去，就會自己下來。」媽媽相信了！身為醫師的憐憫，使她在病重也不忘要看診，安定媽媽心情，如此令人感悲也感佩呀……

記得當翁醫師往生後，我在電視上看到翁媽媽傾訴了一切，連我這位「肺癌醫師」眼眶也紅了，濕淋淋的淚水在眼眶打滾，只想說：「媽媽，您和柔柔都做得很好。」當第二天上班，又是面對一群病重、病危的肺癌病患。而我也要回到崗位上，落實當初醫師的誓言。在今晚日記寫下：當治療肺癌的醫師為了得肺癌的醫師流淚時，我才知道我和肺癌病患都有著深厚的感情，更感受到同樣身為醫師的悲憫……

娑婆世界小小診間

大林慈濟醫院副院長　賴寧生

門診號聲響，門診走進一位老婦人。這位婦人有著黝黑的皮膚、彎傴的身軀及變形的雙膝。「賴醫師，聽講你真行，透早就從燕巢來看你。」這位關節嚴重退化的病人很純樸、也很直接，操著質樸的臺語，開口就說：「站也不能站，走路都要人扶。」而旁邊的孫子笑笑地說：「透早三點就起床來叫車了。」

診間一片和氣，我的思緒卻非常複雜，檢查時心底升起了疼惜的聲音，一幕幕在田裡除草、整理農具的持家婦女背影，也重重地打在內心深處。「照顧好，阿婆會好的。」我的眼光從阿婆身上轉至旁邊站著的兒孫，這是我對他最深的期待。

有次，母親對著我說：「來看病的人都是有病的，即使累了，你也千萬不能生氣。」在母親的記憶中，醫生是很偉大的。記得小時候母親帶我去看病，看完後馬上被母親叫回來說：「要感謝醫生，沒禮貌。」所以從小看完醫生，我都在母親的要求下，對醫生行禮說聲：「謝謝醫生。」

最近大林慈院風濕免疫科開了晨光門診。每天早上六點就看到早起的阿公、阿媽。有的病人還會帶豆漿、油條，並加句「賴醫生，勢早啦！」有次走進診間看到一則紙條上寫：「賴醫師，我今天不看門診，桌上的熱杏仁，早上做的，先喝。」至今我還不曉得是那位大德準備的，但我的感覺很飽滿。「一點也不累」就是我的心境。

在門診這個小小的娑婆世界裡，生命的舞臺卻有一種更高的情操。「老吾老以及人之老，幼吾幼以及人之幼。」從醫的慧命中，即使沒有間斷過，也從未有過這麼強烈的感覺。

禪宗所言「見跡，尋牛，見牛，騎牛，人牛一體，去牛，去人，去我，入世，圓滿」，在人生體驗不同的階段從「有我」、「事不必為我」、「無我」到「利他」，這處處充滿著玄機，一步一步不必急。在慈濟小小的房間中也真說出如此的聲音，這與深夜的凝露一樣珍貴。

被遺忘的靈魂

大林慈濟醫院神經科主治醫師　傅進華

悶熱的午後，讓人沈沈欲睡，診間外一聲巨響，把所有人的注意力全喚了回來。

「發生了什麼事？」我說。

「我去看看！」跟診的護士小姐回答著就出去了。

「小姐，你有要緊嘸？有沒有摔疼？」師姊正在安慰一位來看診的病患，她原來是由丈夫攙扶著，可能急著進入診間看病，不小心跌倒了。

「郭淑芬，別急。慢慢走，要不要幫你推個輪椅過來？」跟診護士快步向前，邊扶起這位跌倒的病患邊說著。

「不用了，我可以自己走。」郭淑芬苦笑著說。

原來是今天掛二十六號的病患，郭淑芬。第一次接觸到她，是三個月前的事，她因為雙手無力，且手掌上的肌肉一直持續地萎縮而前來腦神經科求診。我一直深刻記得她懇求我治好她的那一幕，既堅定又無奈。

郭淑芬今年四十九歲，跟先生結婚近二十五年了，夫妻胼手胝足的建立了一個家，一雙兒女都很爭氣的完成大學學業。即將展開美好的前途。她常盤算著，辛苦的大半輩子，終於可以享福了，誰知道天不從人願，她卻罹患了這個怪病。

收成的年紀　身體卻逐漸凍凝

三個月前，淑芬開始發覺雙手常使不上力氣，才做一會兒的家事就全身無力、酸痛，這對長期從事勞動工作的她而言，跟往常是很不相同的，原本她以為只是太累，心想休息一下就好了，但漸漸地發現手臂上的肌肉會不自主的抽搐，手掌上的肌肉慢慢萎縮，而且說話也愈說愈不清楚，她慌了！告知家人這件事後決定前往醫院做詳細的檢查及治療。

初診時，我詳細地詢問了她的症狀，在完整的神經學檢查之後，心中有了初步的診斷。

「醫生，我得了什麼病？」淑芬渴望的眼神裡希望我給她一個明確的答案。

「可能是某種肌肉或神經病變。」我語帶保留地說。「必須要再安排一些相關的檢查，進一步來確定診斷。」我雖然這麼說著，可是心中早有了答案，淑芬極可能是患了運動神經元疾病，也就是俗稱的「漸凍人」，但我沒在一開始就告訴她實情。一方面我必須安排神經傳導及肌電圖的檢查來做進一步的確認，一方面是我覺得淑芬還沒有準備好該如何接受這個噩耗。

「運動神經元疾病」是一種持續性的運動神經細胞退化，原因致今尚未清楚，絕大部分都不是遺傳得來的，好發年齡在五十至六十歲左右，目前只有一種藥物可治療，而且只是減緩病程，無法根治。患病者通常會持續性的肌肉萎縮、四肢無力、口齒不清、吞嚥困難，最終會因呼吸衰竭而威脅生命。而最可悲的是，病患的意識完全不受影響，他可以清楚察覺自己漸漸地衰弱，慢慢地消逝，而毫無招架之力，彷彿靈魂被禁錮在一棵枯木中，任憑木頭腐爛、毀壞，而靈魂終究無法自由飛翔。

絕望病人　交付生命給我

「各位旅客，目前正通過一段不穩定的氣流，為了您的安全請繫好您座位上的安全帶。」空姐溫柔地廣播著。

突然一陣搖晃，讓我的神經緊繃起來。當初不曉得哪來的決心毅然決然的參加了慈濟大學博士班的考試，可能是來自身為神經科醫師的無奈吧！一般人都認為腦科醫師很偉大，擁有深奧的知識，其實不然，大腦的奧妙至今仍有很多是不為人知的，在面對一些退化性或遺傳性的神經病變時，腦科醫師往往束手無策，好像只是一位宣告死期的判官，在病患投以無助的眼神時，也只能在一旁汗顏地說著：「盡力而為」等等的字句。如今，我必須每一週由嘉義前往花蓮攻讀博士班，這一趟往返的飛行旅程一直是我揮之不去的夢魘。

「噹！噹！噹！」

機上又傳來令人不安的鈴聲，打亂了我的思緒，而我只能冒著手汗，雙手合十。心中默念「阿彌陀佛」，然後把自己的生命全交給機長了！突然心念一轉，在飛機上我把性命全託付給機長，同樣我的病患也是把自己的生命全交給了我，這樣的責任何其重大啊！腦中不禁又浮現出郭淑芬那堅定又無奈的臉孔。

在第三次門診時，我已經確定她罹患了運動神經元疾病，試著以柔和的口吻，簡單的說明她的病情。

「淑芬，根據你的症狀及相關檢查，你是罹患了運動神經元疾病。」

「什麼是運動神經元疾病？有藥醫嗎？」

「就是俗稱的漸凍人。」我回答。

「那不是沒藥醫了，我很快就會死了，是不是？」淑芬顫抖著。

「醫師，有沒有診斷錯？是不是其它的毛病……」淑芬露出絕望的眼神，但又心有不甘的問我。

「診斷應該不會錯，不過這個病並非真的無藥可治，我會儘快幫你申請特效藥，另外有一些注意事項……」我試著鼓勵她，儘管它真的很渺茫。

就如同一般病患的反應，淑芬一開始拒絕接受這個事實，雖然她一直持續接受我的治療與鼓勵，但她也尋遍了中、南部各地的中、西醫師。幸好她有一位細心照顧她的丈夫，總是在淑芬快撐不住時適時地扶她一把，而我也隨時地把淑芬的病情變化告訴她的先生，當然包括了疾病的進展及危險性。淑芬的先生似乎更能接受我的說明，但他也總是全力地支持著淑芬的決定，陪著她到處求醫。

漸漸地，淑芬不再到處奔波了，因為她得到的答案，跟我給她的是相同的。有一陣子，她也不再出現在我的診間，我以為她的病情惡化了，後來輾轉得知，她拒絕了任何治療，她因絕望而產生了憂鬱症，後來會再出現是她先生的堅持，將她帶回了我的門診。

「都沒有藥可以治療了，又何必要吃藥？」淑芬絕望的說著。

「並非都沒有藥可服用，目前我幫你申請的藥可以減緩你的病程，對你是有幫助的。」我急著解釋。

「殘廢地多活幾年有什麼意義，我不再是我了，這個站不穩，手無力，吞不下，連話都說不清的人是個魔鬼，為什麼老天爺要這樣的折磨我啊！」淑芬說著，突然嚎啕大哭了起來，像是得不到玩具的小孩，更像是沒有明天的死刑犯。看著這樣的淑芬，眼淚不爭氣地流了下來，因為我無力反駁、也心疼著這樣的病患，更是難過於我的束手無策。

為她尋找靈魂依止處

這個晚上，輾轉難眠，半夜我被惡夢驚醒，夢中赫然發現，我身後多了一位鬼魂，是淑芬！已忘了是哪位前輩告訴我的，當醫生的人，如果醫不好病患，那麼病人死後的魂魄會一直跟在你的後面，這雖然只是個無稽之談，但總是鞭策著我，要努力醫治我的每一位病患。揉著雙眼，我告訴自己別多想了，也希望淑芬一切安好。

醫院繁忙的工作加上沈重的學業壓得我沒有多餘的精力分心，也有一段時間沒有淑芬的消息了。

「鈴！鈴！鈴！……」身上的呼叫器催促著。

「喂！我是傅醫師，請問有什麼事？」

「這裡是急診室，有一位您的病患求診，叫郭淑芬。」

「淑芬！她怎麼了？」心中不安的問著。

「病人呼吸衰竭、意識昏迷，我們已替她插上氣管內管，接上呼吸器了，你可否前來評估一下？」急診室醫師說。

「好，我馬上過去！」

在診斷出運動神經元疾病半年後，淑芬病情惡化到呼吸衰竭，這也是很不好的現象，雖然在呼吸器的幫助下，淑芬又恢復了意識，但因為有氣管內管在喉嚨內，所以淑芬無法說話，透過呆滯的眼神，我知道她很痛苦，而我似乎可以感應到淑芬的心思，懇求我解除她的病痛。漸漸地，她的病情稍加穩定，但仍須借助呼吸器，所以短時間內淑芬仍無法出院。

「還是很不舒服嗎？」我問著淑芬。

淑芬搖搖頭，因為接受氣管切開術，裝上呼吸器，淑芬又被剝奪了說話的權力。

「可・是・很・無・聊！」淑芬一字一字吃力地寫著，字體也因手掌無力而歪斜。

「那你可以把感受寫出來啊！這樣我也可以跟你分享！」我試著鼓勵

淑芬。

「字．很．醜！」淑芬害羞的寫著。

「不會啊！我看得很清楚，寫字也算是一種復健哦！」我以輕鬆的口吻回答，希望把這樣的心態傳遞給淑芬，讓她打起精神來。

就這樣在住院這一個多月的時間裡，淑芬吃力地寫下一字一句，其中包含了生病時的無助，接受治療時的辛酸與感恩，而我每每也因她的一段話而激動不已，因她的一個眼神而心疼不已。

那日，我一如往常的在下班前到病歷室書寫未完成的病歷，明亮的燈光下，鍵盤鏗鏘作響，幾位醫師正振筆疾書，似乎也在書寫著他們每位病患精彩的故事。

我在櫃子上抽了幾本未完成的病歷，赫然發現郭淑芬的病歷，並且被印註在封面上的那紅色大字「EXPIRED（死亡）」給震住了！突然間淑芬堅定而又無奈的臉孔又清晰地出現在我的眼前！

在生命的軌道中，無時無刻都有不同的人、事、物加入，或者消失。願意也好，不願意也罷，無可否認的是，他們的確為我的醫師生涯累積了能量，但同時也讓生命充滿了不確定感。

有一天，也許不記得到底發生過什麼樣的事情，也許在腦海中閃過幾個熟悉又陌生的臉孔，當中的酸甜苦辣，只有我自己才能體會，但期許自己不要遺忘了旅程中每一位同行的靈魂。

註：此文為傅進華寫於剛升任主治醫師期間，現已是資深主治醫師。

心靈醫者

大林慈濟醫院外科加護病房主任 范文林

一九八七年自醫學院畢業，一直都從事麻醉科的醫療業務，這期間也兼任加護病房的重症照護工作。直到二〇〇八年在因緣俱足之下，加入慈濟醫療志業體，到大林慈濟醫院服務。由於外科加護病房沒有專責主治醫師，於是在林俊龍執行長（當時的院長）及簡守信院長的安排指示之下擔任外科加護病房主任，和外科醫師共同承擔外科重症病患的照護工作。

有以前的老同事關心地問我，麻醉科大多面對的是單純麻醉，病人形同睡眠而較少醫病互動的工作環境，轉換到外科加護病房，不只面臨重症病痛折磨的病患，更要面對焦慮、不安的家屬，這截然不同的工作氛圍，自己如何調適？其實醫療的本質就是關懷與愛，醫療人文本是呼應上人所說的「人傷我痛，人苦我悲」及「醫者父母心」的精神。

互動溝通　職志合一

外科加護病房是一個隨時與死神搏鬥的醫療照護道場，時時上演著激烈的生老病死的戲碼！然而在與死神拔河的過程中，卻讓我體會到，許多人重視的並不在於生命的長短，而是希望在面臨生死課題能無悔憾。那又要如何達到「死者無遺憾，生者無內疚悔恨」的境界？這其中最主要的元素並不是高科技的醫療儀器與技術，而是前面所說的關懷與愛。面對病患要時時有以病為師的感同身受，而對家屬更要有同理心。在醫療人員眼中，再平常不過或司空見慣的疾病與病程，對每一個病人、每一個家庭來說都可能是第一次。面對那徬徨無助憂懼空洞的眼神，我們怎能視若無睹？更何況常常一人生病，全家皆陷入忙亂無助的情境。記得有位曾住進加護病房的患者，分享的一段心路歷程，內容如下：

若是可以從頭來過，是否可以不要再進加護病房？我可以忍受喘不過氣時的恐懼，我也可以忍受一點一滴吞噬我的病痛，只要有你隨時在旁的陪伴。我可以忍受無法痊癒的宣判，只要有你隨時在旁的陪伴！只是我不能忍受生命要靠許多管子維持，我也不能忍受在「時間到、家屬請離開」的催離聲中，你那慣常握著我的手硬被抽離出來。目送你帶著憂慮眼神的離去，我不知我是否還有下一個會客時間，我還能再握住你那多情且厚重的手？

看哪！病患心靈層面的需求常常遠勝於生理層面的不適。身為醫者，怎能不細察！

所以我在外科加護病房，除了常規的醫療照護工作，隨時和外科醫師討論及共同會診，以釐清治療方針；更隨時召開家屬座談會，整合醫療科、社工與照護團隊的成員，為家屬解說病情進展，使家屬及病患安心與放心。因此，「溝通、溝通、再溝通」，其實是我在加護病房工作的重點，因為在互動的過程中，可以讓彼此更清晰的感受到那一份愛與關懷！

倏忽間，進入慈濟已四年多的時光，經過這些在加護病房的日子，讓我深深感受到，要當一位盡責的醫療工作者，亟需要把職業當志業來看待。在這個職志合一的道場，不僅應該與病患和家屬共同面對病情，更應該重視這整個「醫療的過程」。醫護人員的一句話，有時勝過無數的靈丹良藥。醫療有時有其極限，生命也充滿著無常，我們卻絕對有能力提供身心靈層面的支持與關懷，越是無望的患者，越是需要關心與陪伴。如果我們能在治療的過程中付出更多的關懷與愛，那受益的將不僅是病患與家屬，也會讓自己成為更具有人道精神的醫療人員，而這不正是我們行醫的初衷！

感謝這一路走來，眾多志工師兄姊對外科加護病房的護持，更感恩上人創立慈濟世界，讓我能有機會實踐職志合一的行醫生涯。

生死大門的守門員

花蓮慈濟醫院麻醉部主任　陳宗鷹

在我進入麻醉的領域時，我的老師張傳林教授教導我說：「麻醉醫師在外科醫療團隊的角色，就像是開飛機的機師，與病人在同一架飛機上；不論起飛、降落、或飛行中途的亂流，都需要麻醉醫師專注的精神與專業能力，才能確保病人的安全。」在成大醫院執行多年的麻醉醫療中，我一位亦師亦友的同事曾稼志主任告訴我，「麻醉醫師就像是消防隊，那裡需要搶救滅火，就往哪裡去，要盡其所能的撲滅每一把火，搶救病人的生命安全。」

到慈濟兩年多之後，我更深深體會到，麻醉醫師是某些病人生死之門的守門員。

急診病患　生死一瞬間

那一年農曆過年對麻醉部來說，並不是很平靜。

記得年前上班時有一天下午，一位急診胃穿孔的病人進來麻醉手術，剛開始不論是執行麻醉或外科醫師進行手術，皆尚稱順利，就在我到隔壁手術房進行另一位病患的麻醉時，我的手機響起，傳來麻醉護理人員的聲音，「主任，十五房病人心跳、血壓突然不好，住院醫師何菊修希望您趕快過來。」一邊講電話，我已邊往十五房衝，看了一下病人狀況，馬上進行急救，打強心劑矯正酸中毒、電解質等措施。在一兩分鐘的時間內，病人的生命現象逐漸回穩，這時我們再使用食道超音波為病人檢查心臟功能，才發現原來這位急診病患有嚴重的心臟瓣膜問題，還好搶救得宜，麻醉人員才能守住這位病患的生死門。

過了兩天，是年前最後一天值班，接班時是一檯主動脈剝離的大手術。到了晚上九點病人手術結束，終於平穩的轉送加護病房。本以為今晚應可休息了，誰知半夜二點，急診打電話上來，說有兩位年輕病患車禍，十七歲病患在急診搶救來不及到開刀房已往生；另一位十二歲病患下顎整個撞爛，需到手術室搶救。在麻醉與開刀房同仁迅速準備後，病人送達開刀房五房。由於病患下顎已撞碎，經急診所做的暫時性呼吸道穿刺，無法維持太久，外科需做氣切才能繼續手術。但在外科醫師嘗試幾次於氣切處置入氣管內管後，吐氣末端連接的儀器面板上，二氧化碳的波形一直未顯現，且氣道壓力非常高。我告訴外科醫師，「氣管內管沒有在氣管內，必需重來。」這時病人的心跳及氧氣濃度皆開始下降，當時我心裡雖然又急又擔心，腦子裡也一直在想有沒有別的辦法，但仍強裝鎮靜地告訴外科醫師，慢慢來，看清楚氣管，再來一次，不然就沒有機會了。我一邊囑咐同仁給了強心劑，一邊看著外科醫師從氣切處置入氣管內管，佛陀保佑，二氧化碳波形出來了，氣管壓力也回到正常值，心中湧現篤定的感覺：「這孩子還是有希望救回來的。」大家都是一身冷汗，真是生死一瞬間。

珍惜守護　生死之緣

過年後，上班前一天中午，就接到副院長的電話說隔天有肝臟移植手術，但接受者的狀況已經非常不好。心中只閃過一個念頭，這又將是一場硬仗。手術當天早上八點即著手準備。並為這位病患進行麻醉，整個早上外科李明哲主任進行剝離與摘除舊肝，直到下午四點接回新肝，過程還算順利，流血量仍在可接受範圍，血壓、心跳在藥物輔助下，也可以接受，心想也許可以守住這病人的生死之門。

誰知難關才開始；病人新的肝臟並未馬上發揮功能，一直流血不止，我們積極補充血液、藥物，前後輸了近四萬四千五百西西的血，無奈晚上八點多，病人第一次出現心跳停止，經過急救，九點左右又稍有起色，但仍無力回天，九點半病人依舊沒有好轉。

晚上十點拖著疲累的身心走回宿舍途中，心裡很難過、很感嘆，覺得我這守門員未能守住這道生死門，讓這位病患進了門的那一邊。回到宿舍，太太看我臉露倦容，只聽我講一句「病人掛了」，也不便多問，只關心地要我去休息。隔天一早七點，林副總一通關心的電話，雖然口頭上回答了副總的問題，但心中仍一直存在著為什麼的疑問，久久無法釋懷，只希望這位大德教我的經驗，能讓我守住往後肝臟移植患者的生死大門。

從以前在成大醫院，太太就常聽我說，我上班值班常碰到許許多多生死交關的病人，似乎都比別人忙，她開我玩笑說「你前輩子一定是江洋大盜，欠很多人一條命，才會這麼忙，這麼累。」來到慈濟，耳濡目染，覺得很多事情都是「隨緣」。而這個新年，卻讓我突然省悟，「朋友之間，有生死之交，而我與這些病人，也許有『生死之緣』吧！」既然有這分緣，我更應好好珍惜，守護這一分緣。麻醉的行醫生涯，常有這生死一瞬的時刻，在這新的一年，期望自己能永保一份感恩的心，也期望自己能盡己之力做好這一份工作，當一位守護病患生命的最佳守門員。

一切唯心　樂現光明

花蓮慈濟醫院眼科主治醫師　李原傑

小時候每年農曆初九民間天公生日拜拜時，母親總是要我戴上一條有古錢幣的項鍊，有一年我問母親緣由，母親才提及在我剛出生滿月時，外祖母抱我到廟裡拜拜，寺廟的住持一見到就向外祖母表示：天公要收我為義子。

小學二年級，有一天放學回家的路上突然肚子痛起來，母親帶至一小兒科診所，說是腸胃型感冒，可是接下來的幾個小時，卻痛得在地上打滾，母親覺得不對又帶去同一兒科診所，仍說是腸胃型感冒，至半夜時，實在是無法忍受，母親才又帶去另一診所，診斷是急性盲腸炎，即刻手術取出五公分滿滿是膿、彈指可破的盲腸。

旦夕禍福　因緣命定

小學五年級，奶奶老年失智症發病、不久又有小中風；於是我在農曆初九拜天公時，就私下許願：願將我的十年生命給奶奶。媽媽見我念念有詞，詢問之後要我不可再如此許願。而後來奶奶臥病十八年，讓我體會生病的折磨不亞於死亡，我天真地許願奶奶延壽，說不定反延長她的痛苦。

「萬方有罪，罪在朕恭」，國小時候聽到這種以天下為己責的胸懷，就有種有為者亦若是的衝動。至初中，總覺自己一分為二，有一個在上方的自己在冷眼旁觀，俯視著下方在做諸事的另一自己，也冷冷的看著這大千世界。當時喜歡看老莊，雖然談不上契合；高中時，遇到一位喜歡新儒學的楊老師，楊老師談及儒學精義時，常常不能自已，以教化後進為己任，偶提及希望我能由道入儒，「智及之，願仁能守之」。

就這樣的因緣，似乎讓那冷眼看世界的自己慢慢向這世界移動，兩個自己也慢慢合而為一。大學時，接觸黑格爾、康德的哲學，發現和儒家思想，有異曲同工之妙。

大二時，和媽媽、姊姊、媽媽的同事及其先生開一臺車出遊，遭酒醉的來車高速超車對撞，媽媽的同事兩手一腳骨頭斷，其先生昏迷近一個月，媽媽當場昏迷，姊姊多處外傷，全車惟獨我毫髮無傷。當時我下車攔車，要送昏迷的母親至醫院，因見母親仍昏迷，於是向天禱告保佑我慈母，而就在當下，我很清楚的聽到梵音在我耳邊響著、一路伴我到醫院，而我真的感覺有佛菩薩陪著，一直到母親清醒過來。雖然全車的人最後都康復，媽媽的同事卻在一年後車禍身亡。人的生命在旦夕之間、在呼吸之間，而冥冥中的因緣命定，實不可說。

之後進入醫學領域，鑽研在眼科之中，及至慈濟，起始特殊因緣。說特殊因緣，莫過於與印順導師及上人的因緣。二〇〇三年一月，師公因右眼白內障接受手術，而我則因此之故得以時而去看師公，導師雖是一代宗師，卻如稚子般易親近，每次見師公，總是笑咪咪的，真如彌勒佛般，心量廣大，大度包容。去見師公後，總覺內心十分平靜。導師在開刀完的農曆年前，寫下「靜思十方諸佛，諦了一切唯心」時而浮在我腦海中。我常想，現實諸事諸行，人人皆可同其跡，而實不同其心；而此不同其心，就可決定是否成聖成佛。而在照顧師公的過程中，明聖師伯對我視如己出，常常拉著我的手去這去那，讓我每一想起就不禁動容。

志業家業　由衷感恩

若說師公如孔子般圓融，則上人就如孟子般「十字打開」，撐起人間佛教的綱領，四大志業、八大腳印，將人間佛教發揮得淋漓盡致；更將此門心法行法，深植在每位弟子心中。上人與師公都是以超乎凡人的精神，為佛教、為眾生。偶會看到上人的疲憊面，內心實在萬分不捨；有事弟子服其勞，上人有如此多的弟子，卻仍辛勞，實在是因上人的無限悲心。

每每看診過午未食，病人總是會說：當名醫真辛苦。而我總是笑而不答。其實我並非名醫、也非喜當名醫，卻樂見病人重見光明；我並不以辛勞為苦，卻慶幸自己身旁有能體諒配合的護理與技術人員（淑萍、素華、玟憓、青純、翠萍、桂瑩、乃鳳、惠玲、雅婷、靖綺、憶凌……）；而最最讓我感恩的，就是和家中師姊所生的兩位天使，每天我疲憊地回家時，兒女總是給我最溫暖的擁抱，偶有不快的紛擾讓我心煩沮喪，但只要見到孩子們臉上的笑容與成長，感受兩個天使在身旁圍繞，人事上不快的紛擾就化為烏有，我對他們的依戀實不亞於他們之於我。總覺得這一路走來，有太多有形無形的助力，讓我面對阻力時毫不畏懼；有太多的人要感謝，卻不知如何謝起，惟有竭己心力，回饋到病人身上。

知煩惱即菩提，知無明即明；則遍觀邪生，即知正生；遍觀枉生，即見直生；深緣地獄，即見天堂。

光陰的故事

花蓮慈濟醫院研究部主任、小兒科主治醫師　**鄭敬楓**

當了二十幾年的小兒科醫師，自己覺得小兒科醫師跟其他科醫師最不一樣的地方，就是過了幾年之後，再看到這些小朋友就會不認得，因為他們都長大了！

我之前有一個病人妮妮，醫護團隊稱呼這位個案為「六．八八的奇蹟」。她是位甫出生一個月的小嬰兒，就被送到急診室發現她罹患的是很嚴重的酸血症，血氧濃度只有六點八八，來的時候已經休克了，旋即住進小兒加護病房。隨後為妮妮進行超音波的檢查，發現她的心臟擴大，可能是心肌病變或是發炎，整個心臟呈現衰竭無力的症狀。經過一個多月的急救與治療，讓這位小朋友的狀況慢慢穩定下來，後來順利出院回家。還記得在擔任她的主治醫師時，因為這位小朋友的身體狀況不穩定、變化又多又快，所以每天都要記錄很多次。因為這例個案很罕見，當初還有一位醫學生做了一份研究報告，並特地跟妮妮合照，祝福妮妮早日康復。

妮妮出院後，常常可以在回診時都能夠看到她恢復後的可愛模樣，不過仍有心律不整的問題，但是門診追蹤一、兩年後，不經意間就不見了；加上她住在瑞穗，路途有些遙遠，也就沒有再回來。但是很意外的，在二〇一〇年九月、十月間，一個八歲的小女孩出現在我的門診，我看到她的媽媽才回憶起，她就是當初的小病人妮妮，媽媽跟我說：「鄭醫師，妮妮好久沒回來給你看了！」

一見到妮妮，我幾乎不認得她了……只能從眉眼間依稀看出之前嬰兒的樣子，因為現在的妮妮皮膚變得很黑，跟以前白皙的樣子截然不同。我還跟她開玩笑說，「妳們教室都沒有屋頂嗎？怎麼上課還會曬得這麼黑？」原來是因為時常跟著擔任泛舟教練的父親出去，所以全身都曬得黑不溜丟。看看現在的她，再回想當初一個多月大時的虛弱模樣，瞬間讓我覺得當醫生充滿了成就感，可以幫助一個小孩子健康快樂地長大。

把握當下　光陰無價

在小兒科門診遇見的狀況真是變化多端。另一位個案是我一九九〇年還在臺大醫院當住院醫師的時候，接到一個六歲的血癌小病人。這個孩子非常喜歡音樂。那時剛好我們一群醫師有一場演奏會，我就拿了兩張票給這位小朋友跟她的家人，演奏會後我們還一起合影留念。意外的是，二〇〇九年年底我在臺北慈院看門診的時候，一位年約廿五歲的大女生突然跑進門診診間，我還在懷疑是不是我的病人，但是她又沒有掛號。後來她開口就問我是不是鄭敬楓、還記不記得她？原來她就是我二十年前的那位小病人，康復後現在已經在英國留學攻讀外文碩士，當下確實深深覺得，「我真的老了！」

看門診真的常常會遇到一些很意外的事情，二〇一〇年年初我也是在臺北慈院看門診，突然間有位帥氣的大漢跑進我的診間，一開口就叫我的名字、跟我打招呼。原來他就是演過很多次大愛劇場的男主角夏靖庭，他同時也是我的高中同學，我已經三十年沒看過他了。接連的十年、二十年、三十年，就在與孩子長大後相遇以及與老朋友的重逢之間，歲月就這樣無聲無息地流逝了，而我最深的感觸就是真的要把握當下，因為光陰無價。雖然已經從醫師哥哥變成醫師叔叔再進階成醫師伯伯，但在與小朋友的相處之中，也讓我永保年輕的心情和眼光，也許走在路上認不出這些長大的孩子，但看到他們恢復活力健康成長，就是小兒科醫師最欣慰的事。

當醫師的福氣

花蓮慈濟醫院放射腫瘤科主治醫師　黃綵涅

七年漫長的醫學教育終在二〇〇七年六月完成，那時我是剛踏出大學校門畢業於慈濟醫學系的新進住院醫師。在師公上人證嚴法師見證下宣讀醫師誓詞，完成授袍儀式，懵懂稚嫩地在醫學先進的提攜指導下，正要展開行醫的步伐。從「醫學生」身分轉換成「醫師」，不僅僅只是意味著醫學知識的累進，更是責任承擔的開始；還記得以前曾有師長說過：「醫師不會因為下班脫下白袍就不是醫師，醫師的身分將分分秒秒都跟隨著我們，這代表分分秒秒都得接受著醫師誓詞的承諾規範，時時刻刻都得盡醫師的本分，這就是醫師的責任！」這段話我一直記在心裡，然而真正體會這段話的真諦則是在該年的十二月七日那一天。

火車上產子　緊急搶救

十二月七日上午，來到羅東消防分隊參訪，正巧在參訪結束的時候，臨時接獲勤務中心傳來消息，得知一名孕婦搭乘臺鐵列車，在行經宜蘭南澳附近時，在火車的廁所急產下一名嬰兒，而這個嬰兒卻不幸卡在馬桶裡。參訪結束本欲告別羅東消防分隊，就在這個當下，心裡很明確的聲音告訴自己不應該離開，因為我們是在場的醫療人員，這個事實不會因為身在院外或沒有穿醫師袍有所改變，前往救災救護是責無旁貸的！

我和同學吳雅汝一路隨著消防人員坐著救護車急駛到羅東火車站，待火車一停駛馬上進入事件發生的車廂，一邊照料剛出生的嬰兒，一邊與時間賽跑，想盡辦法破壞馬桶硬體結構，就這樣趴跪在地上近兩個小時的時間，才毫髮無傷的搶救出這名新誕生的小生命。

經過這次事件讓我更加認同「當醫師是一種福氣」的說法，因為在危急的時刻可以告訴自己：妳是一位醫師，不能感到害怕退縮，要盡力搶救每一個生命。這種使命感在很多時候都可以發揮強大的作用，堅定自己去做一些平常可能認為做不到的事。

我的母親很高興我可以在這次的意外事件，盡自己微薄的力量去幫忙這名剛誕生的嬰兒，但是她也提醒我，今後不只是在醫院裡對自己的病患負責，醫師所有言行其實還得對社會負責，因為我們是國家認可的專技人員，所以我們的言語評論自然會被當成建議，所作所為亦不能違背社會公益。母親的一席話讓我不禁苦笑，醫師得背負的責任還真不小，而醫學之路又是那麼漫長，要學習成長的空間真的還很多！

一生堅守醫師誓詞

念完醫學院即將踏入醫業之時，便在師公上人的見證之下宣讀醫師誓詞，短短二百二十七字宣示一份美善堅定的信念，當時的宣讀聲還猶言在耳：「准許我進入醫業時，我鄭重地保證自己要奉獻一切為人類服務。我將要給我的師長應有崇敬及感戴；我將要憑我的良心和尊嚴從事醫業……」

我選擇花蓮慈濟醫院做為開始實踐誓言的地方，希冀自己一輩子行醫都能符合醫師誓詞規範是我最大的願望。然而對於像我們這樣新進的醫師，在學醫與行醫的過程，挫折與壓力總是在所難免；我們的工作壓力多半來自病患，有趣的是，能治癒醫師們身心疲憊的良藥往往也源自病患，病人一個真心的微笑就是最大的鼓勵。每當想要放棄時，搶救生命的成就感就成為支持自己能繼續走下去的最大原動力。有時不禁想想，在醫病之間的施與受，也許我們從病患身上還得到更多呢！

那一年，我們一起立願行醫

臺中慈濟醫院院長　陳子勇

記得高三那一年，我們一班五十位同學有三十幾位都上了醫科，另外十幾位也大多考上了牙醫等科系，似乎在那個年代，念醫不見得需要太多的理由，可能只是班上氣氛使然，也可能家中有長輩是醫師，想當然爾，從醫就成了志願的首選。而我因為是祖父輩以降家族中第一位考上醫科的孩子，即使叔伯輩已有多位在政、商及教育界成就非凡，還是被家族大家長四叔公冠上「陳家之光」的榮譽。

回首靜想，其實我是當了實習醫生之後，才開始學著照顧「人」。歷經多年光陰所匯集的寶貴經驗是，當醫生最困難之處不是單純學問或經驗的取得，而是如何了解、明白、體悟病人及家屬的病痛與期望，並學習盡自己的能力去付出。

走上外科人生或許純屬偶然，但也可能是從小對醫生形象的認定，以及自己肯吃苦的性格使然！一九八八年我因為在外島當兵，無法返臺參加住院醫師口試，外科及婦產科成了唯二的選擇。當醫生很辛苦，工時很長，也有面對病人健康需要承諾的壓力，而有侵襲性醫療行為的科別，尤其需要家屬的支持和體諒。想當然，對自己的興趣逐漸疏遠，也成了不可避免的併發症。

將心比心　盡力付出

頭兩年擔任住院醫師的辛苦磨練，每天至少有十二小時待在醫院內學習照顧病人，還要找機會念書。醫學中心的嚴格訓練，沒有所謂的「血汗醫院」可以投訴；單純的我們只知道能有機會跟著前輩學習，還有做不完的工作可以投入，就是累積未來行醫的經驗和立足醫界的大好機會。當時我總覺得放棄外科就如同放棄自己，即使想要抱怨，也只敢在住院醫師辦公室內互相調侃，抒發情緒而已。

每每看著病人微笑的臉龐，就是給我最滿足、最美好的收穫。住院醫師第三年面臨一次專科的選擇，行醫路在此時又出現了變數，徬徨的我徘徊在一般外科、整形外科、骨科及神經外科之間。待冷靜分析自己的能力、興趣和競爭力，我成為三位神經外科住院醫師中的一名。歷經嚴格的訓練及眾多學長和老師前輩的指導，到了第五年住院醫師及升上第二年主治醫師時，我有機會到美國，接受為期半年至一年多的基礎、臨床見習和研究員學習的訓練。這一年半的全心投入，無疑奠定了日後基礎及臨床神經醫學的基礎。

現在想想，還真慶幸年輕時的毅力堅持，今天，才能讓我有機會奉獻所學在慈濟。捫心自問，「當發現生命即將走入終點時，你最想做什麼？」

頭髮剃光　默默陪伴

想起數十年前，我曾治療一位年約三十五歲左右的女性腦癌患者，家庭不算富有，但擁有二個小孩的她知足而快樂。某天她因身體不適至門診求診，很少生病的她原本不以為意，然而到醫院檢查後，竟得知罹患了腦癌末期。晴天霹靂，她無法接受老天為何跟她開這種玩笑，一度沮喪到無法自處。她問我：「身材體重維持苗條的我，不偷、不搶，認真地過每一天，為什麼死亡卻選擇了我？」

就在約定好開刀的前幾天，我照例到每間病房巡視關心每位患者的病況，詳細地說明術前要注意的事項，當提及進行手術前必須將頭髮剃光時，她的情緒瞬間潰堤，自覺女性沒有頭髮很丟臉又很難看。一旁，一直默默陪伴她的先生一句話也沒說，只是緩緩著拍著太太的肩膀，幫忙擦拭太太無助又難過的眼淚。

翌日，當我走進病房時，我竟然看見了二顆光溜溜的頭出現在我眼前，那一幕畫面，我永遠忘不了，我問病人的先生：「為什麼你也理了個大光頭呢？」他只是憨厚的淺笑，給了我一句回答：「因為這樣，我太太就不會覺得她自己的光頭很奇怪了！」我從未像那一天心裡那麼地感動。細數生命意義，讓我堅信，醫者仁心用愛守護病患健康，就是點燃每個生命心燈的希望。

信己無私　信人有愛

爾後，有幸來到臺中慈院服務，看到師兄師姊凝聚眾多的愛無悔付出，他們努力推動四大志業八大法印，且謹守上人的教誨，以佛心師志為依歸。「信己無私、信人有愛」，我體會醫院就是道場的真實義，明白行醫就是行菩薩道。

五年多的光陰飛逝，慈濟的法提升了我對醫療工作的自我期許，時時提醒自己要以菩薩心看待病人、同仁及所有接觸的人事物。比起二十年的行醫經驗，心靈的視野反而擴展了許多，母親和二位女兒的支持，生活上多位善知識不離不棄的提攜，更讓我堅定信念，非常感恩上人創立了這片福田讓我們能參與耕耘；即使現今醫療環境不利於醫院發展，我們仍會以熱誠、堅持、同理心持續奉獻心力，把慈濟醫療做到最好！方不負那一年同學們一起立願行醫的心願，也才不負上人與長輩們一路以來給我的教導與鼓勵。

下篇

行到水窮處

肆、寶島義診行

護癌友　愛無涯

花蓮慈濟醫院癌症醫學中心副主任　劉岱瑋

小型巴士奔馳在臺九線公路上，車後揚起陣陣飛塵。車內坐著身穿藍天白雲的慈濟人，口中歡唱著慈濟歌曲，間或低頭整理著待會家訪的病患資料，儘管平時扮演的角色或有不同——醫師、護理師、放射師、書記或是志工菩薩，但此時大家就像是一家人共同出訪，而路的盡頭迎接著的是——翹首盼望的癌症病友，這就是花蓮慈濟醫院癌症關懷小組遠距居家關懷的場景。

會走上癌症醫療的專業領域，雖然不在當初的生涯規劃上，冥冥之中卻似乎又是有跡可循。由博士班期間跟隨陳小梨教授從事子宮頸癌腫瘤疫苗的研究開始，進入了癌症的基礎研究領域，畢業後服役期間，因緣際會地成為三軍總醫院放射腫瘤部住院醫師，從此與癌症的臨床服務與基礎研究結下不解之緣。然而心中最深沉的恐懼，還是面對癌症病人的最終治療結果。

專業遇瓶頸　貼近病人心

儘管目前醫學突飛猛進，各種嶄新設備與醫療儀器日新月異，各種癌症藥物與標靶治療如雨後春筍般蓬勃發展，但臨床醫師面對惡性腫瘤仍沒有十足的把握。我們擁有各類癌症豐富的實驗數據與研究結果，也知道每種癌症不同期別的五年存活率，更知道如何根據癌症最新治療證據，規劃每位癌症病患最佳的治療模式，但在治療結果揭曉前，病患的焦慮徬徨仍然是臨床醫師無法解決的困境。

身為腫瘤科醫師，專業技能的成長並不保證減少病人焦慮能力的提升，醫人醫病已屬不易，醫心更是難上加難，最後只好重新調整理性與感性的比重，儘量不讓自己陷入個別病患的情境中，有點黏又不太黏是最好的平衡點。隨著照顧病人責任的逐漸加重，內心的挫折與無助更是與日俱增。還好，八年前隨著恩師許文林副院長來到花蓮服務，事情開始有了轉機，也漸漸解開心中的疑惑。

初次來到花蓮慈院，癌症醫學中心的架構已經頗具規模，其中最特殊的地方是由一群熱心的慈濟志工所組成的「癌症關懷小組」，經過癌症關懷志工的訓練課程後，每天穿梭於門診與病房間，撫慰著癌症病友的心靈，協助醫護同仁串起癌症治療的點點滴滴，印象最深刻的是，志工每週都會利用各式水果製作精力湯，親手送到癌症病友的床邊，補體力也補心力，許多癌症病友在深受感動之餘，病癒之後也投入癌症關懷志工的行列，經由自己的親身經歷去鼓勵其他癌症病友，對於這種自覺覺他、自度度人的情懷，讓我深深受到感動。

第一次參加遠距居家關懷，是在東區人醫會結束成功鎮義診之後。午後的成功小鎮萬里無雲，志工們依據事先規劃好的路程，尋找著癌症病友的蹤跡，熱心的鎮民也主動招呼帶路，看著病患與志工們的親切互動，當下深深發覺原來走出醫院之外，專業醫療背後可以補充更多的人文關懷，癌症病患除了冷冰冰的科學數據，更期待艱苦的癌症治療過程中，醫護同仁與志工的溫馨陪伴，經過眾人的鼓勵與祝福，不僅能夠順利完成所有的治療，更可以勇敢面對未來人生的挑戰。

志工關懷　溫暖病友

經由每次的遠距居家關懷，我們能夠深入花東的各個窮鄉僻壤、山區部落，而癌症病患樂觀奮鬥的精神也讓我深深感動。有位住在富里的獨居大腸癌病友，本身也是位身障人士，從臺九線公路到他簡陋的鐵皮屋約有二十分鐘車程，但是他每週仍然騎機車到玉里轉搭火車來院接受化療，從他身上看不到任何怨天尤人的情緒，反而熱情招待並感謝我們的到來，詢問他有什麼需要幫忙的地方，他非常靦腆的說社會與慈濟已經幫助他很多了，還有很多人比他更需要幫忙，同時也談到病癒之後他準備擴充他的菜園等等。看到病友的豁達與善良，當時深受感動之餘，更有深深的懺悔，知福惜福才能創造更美好的明天。

花東地處偏遠，年輕人口外流，許多癌症病患只能獨自居住，有位住在光復的林女士因為口咽癌來院接受放射治療，治療結果非常成功，腫瘤也完全消除了。住院期間志工得知其沒有子嗣，先生往生後便獨自居住在半山腰的鐵皮屋中，出院後到府造訪，發現半山腰的鐵皮屋無法申請水電，還需透過鄰居另牽線路供電，室內室外環境簡陋，冰箱中也僅有少許剩飯剩菜，志工們隨即協助清掃整理，並聯絡社區志工就近關懷。二〇〇七年十月科羅莎風災造成林女士的鐵皮屋浴室屋頂破洞，熱水器損壞後也僅能以冷水沐浴，志工立即聯絡協調，在建築與水電專長的志工們協助下，不僅修補屋頂的破洞，並致贈新的熱水器，讓林女士從此不必在寒風中沐浴。

在此，要由衷地感恩謝靜芝師姊所帶領的花蓮慈濟醫院癌症關懷小組，有了您們的陪伴與支持，癌症病患才能獲得全面性身、心、靈、覺的醫療照護。上人常說：「醫療團隊，志工作伴。」但對癌症醫療團隊而言，癌症關懷志工已經是癌症團隊中不可或缺的重要成員。

回首來時路，過去心中的挫折與疑惑慢慢解開，也更能勇敢面對癌症病患最後治療的結果——癌症醫療雖然無法每次都達到最美好的期待，但是透過癌症關懷小組志工的無私付出，不僅溫暖了每位癌症病友徬徨恐懼的心靈，同時也是醫療團隊最可靠的後盾，讓治療癌症的過程不再只有壓力和驚懼，而是依然能發現生命的美好、激發珍貴人性、醫病互助互愛的經歷。

奇妙的緣分

大林慈濟醫院中醫科主治醫師　葉明憲

有人常講，那個地方很遠，路很難走，但我心裡覺得很近，很像就在隔壁一樣。有人說那個地方就醫困難，生命危脆，但我體會到他們對生活的堅韌和豁達，以及彼此的感恩。

那個地方，指的就是嘉義縣的大埔鄉。這個地方在臺灣最大的曾文水庫集水區，也是風景名勝，但當年卻沒有一家診所、一名合格的醫師駐診。原來，是常有落石造成斷崖、溪谷水漲，加上道路崎嶇交通不便，二千五百位鄉民，只能緊緊相偎，互相幫助。只要踏上求醫之路，就是憂懼不安；即便已經拖延病情而不得不就醫，仍深怕這一路出去，永生不能再相見。

湖光山色　映照健康

幸好健保局開立了偏遠地區醫療門診計劃，為照顧偏遠地區民眾的身體健康，也因此大林慈院承接了大埔醫療站，林繁幸醫師應約駐診，開啟了安撫鄉民身心之路；過了一年，我也因為中醫偏遠地區巡診計劃來了大埔，一星期一次。又過了一段時間，牙科藍醫師，復健科王醫師也都固定上來巡診。甚至遠距醫療的門診也提供了大埔民眾慈濟大林醫院級的仁醫來服務。從此鄉民的心，安了。從無依無靠，到有人協助，我們給的醫療和關懷雖不是「豐盛大餐」，但已足「溫飽」。

七年多來固定地上山，我們與大埔的距離似乎越走越近，甚至可以說，大埔已經成為我生活的一部分了！

其實，早在住院醫師期間就曾到過大埔，那時醫療站還沒有設立。跟著雲嘉人醫會到大埔義診了兩、三次，當時就覺得大埔好美，所以得知大埔要規劃中醫門診，我就自告奮勇上來了，應該說我自己「貪戀大埔的湖光山色」。

一年一年累積下來，在慈濟醫院最被稱道的志工服務，在大埔竟然也有了。奉茶待客，噓寒問暖，量血壓，帶領病患就醫，陪同醫護居家探訪，膚慰人心，他們都做到了，甚至連鄉民也自動加入成為志工；愛的循環，不斷地展現。

愛的循環不斷展現

而大埔鄉親的淳樸與熱情，是我很感動的。對於大埔的名產特色，我現在也都知之甚詳。大埔盛產竹筍，只要是產季，我發現，怎麼都有吃不完的竹筍。還有病人曾送我二瓶「石蜜」，石蜜就是野生的蜜蜂採的蜜。野蜂都懂得找最好的地方去築巢，所產的蜜都是以當季花期為來源，其中以冬蜜最好，滿是無患子的香氣，非常甘醇濃郁，一般的蜂蜜一公升幾百元，石蜜一公升是千元起跳。我感動的不是石蜜的價值，而是病人的心意，真的是無價。當然，我是最願意掏腰包買大埔特產，而不好意思讓病人送我的。所以有一次在一家餐廳吃飯，吃到美味的破布子，我就順便買了三斤，前腳還沒離開餐廳，一個病人就跑來「罵」我，原來這家餐廳賣的破布子是他做的，當場又多送我好幾包破布子。

鄉民們本來就互相熟識，經常在大埔醫療站候診時，對彼此的病情或多或少知情，所以互相鼓勵的話語，如蓮花的芬香一樣，時時可聞。一句句鼓勵，一句句讚嘆，說著「你比以前更好了，怎麼會身體好這麼多！」、「『好佳在』有醫療站的幫忙。」等等，聽在我的耳裡，心中就會浮現上人的話語：「能以真誠的心付出愛，是一種享受。」真的，這種快樂，來自於對別人真誠的付出，彼此快樂，感恩心就油然而生。

上人說：做，就對了。這句話，讓我們往大埔這段遙遠的山路，因感恩而縮短。與大埔鄉民的心，也因感恩而彼此相繫。這真的是一種奇妙的緣分。

生命的價值

花蓮慈濟醫院副院長暨耳鼻喉科主任　陳培榕

幸福的生命經歷，大致是相似的，但不幸的生命經歷，則各有不同的內容。

二〇〇九年莫拉克颱風重創臺灣南部，八八風災造成的損失，更甚於五十年前的八七水災。在山區，發生了整個村莊幾乎被掩埋滅村的悲慘狀況；在平地，發生了鄉鎮變成水鄉澤國，家中遭土石入侵的不幸；在空中及水中，也發生了因英勇救災而犧牲生命，令人鼻酸的景象。有別於以往義診經歷，從參與屏東義診過程中的體驗與觀察，加上對各種不幸事件的省思，不但給予我前所未有的體悟與啟示，也因此行感覺到自我的視界與觀念有了許多成長。

走進林邊　生命改觀

從山上傾洩而下的滾滾土石流，沖垮了溪流兩岸的人造堤防。給上游的山谷丘陵及下游的平原海邊兩個地區帶來不同的劫難，但相同的是——滿目瘡痍。當我們於災後十日進入濱海的林邊鄉時，平日熙來攘往，車水馬龍的街道早已不復存在，只見滿布泥濘的路面與兩旁遭洪流淹沒過的車輛。房屋的一樓依稀可見土石流入侵的痕跡，門前泡水的傢俱與垃圾，還有待清理。診所似乎也是關著的。空氣中瀰漫著一股魚腥般的臭味，只見絡繹不絕的卡車，滿載著土石或廢棄物——好像永遠清不完似的。許多軍人、居民及志工（包括許多慈濟人），頂著酷熱的陽光，使用怪手、鏟子等各種挖掘工具不斷地清除淤泥，儘管大家汗如雨下，地上塵土飛揚，恢復家園風貌的信心與決心卻未曾稍減。

我與其他醫護人員及志工必須冒著險，手牽手跋涉泥水地或穿梭淹水房屋甚或是汽車上頭，沿著可能清了又淹的不同路徑，前進較嚴重災區，包括：至光林村搭起帳篷設立臨時醫療站看診；到仁和村村辦公室向民眾廣播醫療站位置及相關訊息，並帶回一位外傷軍人處理傷口；往各家戶及往診行動不便之病患發放醫藥包。

擦、挫、扭、撕裂、穿刺等小創傷及濕疹、蕁痲疹、脂漏性、蜂窩性組織炎、癬、黴菌感染等皮膚病占就診病患的大宗。醫護人員則必須幾近全能，內外兼修：上呼吸道感染、腸胃炎、中暑、高血壓、糖尿病等常見疾病診療、傷口清洗縫合、拔指甲、打針等，皆要駕輕就熟，若病況嚴重的話，也要安排轉診，所幸都能在師兄姊及人醫會幫忙下順利完成。儘管只有短短兩天服務時間，每天做得汗水淋漓，塵泥滿身。縱使肉體疲倦勞累，內心卻有著一股莫名的踏實與喜悅。

面對著往診或前來醫療站就醫的一張張樸素、歷經滄桑及疲倦的面容——有的人愁眉苦臉；有的人驚魂未定，臉色凝重；有的人則因身上或四肢皮膚發炎疼痛難耐或奇癢無比而表現於臉上；有的人因前來救災受傷，血流如注後一臉驚恐。在為這些病患診療時，心情頓然覺得很沉重，也不忘時時叮嚀自己應更設身處地為病人著想。

在災變中省思

感觸最深的一個故事來自一位因皮膚泡水造成腳部發炎的老阿公，聽他娓娓道出，住了七十多年的家園早已跟林邊溪河床一般高，如此巨大的洪水災變，河兩岸的林邊與佳冬不淹也難，十幾年來賴以維生的蓮霧田全泡湯了，家中也災情慘重，淹水三公尺。「沒關係，老命保住了就很好，小孩子們會再重建家園的。」他語帶堅定地說。

我驚訝地從他的言談與表情中發現：在滿腹委屈與無奈之中，竟透露了樂天知命的達觀。對他遭受的苦難，也寄予同情。細思之下，更發覺發生不幸的可能是我們的社會，是不是它迫使許多人為了賺更多的錢，去挖更深更多的魚塭、超抽更多的地下水？再者，使用更多肥料、殺蟲劑以便種植更多的所謂高獲利作物；從而導致地層下陷與地利耗盡？如今，受毀傷的大自然正毫不留情地給予人們殘酷的試煉與反撲。該是大家都來好好思索所謂「經濟發展」與「環境保護」的各項優先順序，利弊得失，並藉以取得一個最佳平衡點的時候了。畢竟，人要先有了安身立命之所，才有真正的永續發展可言。

謹以證嚴上人《靜思語》：「保護大地，需從建設人心開始」、「山林有生機，人才能安居」、「生命的價值，在於能為人間負責任」，為我此次義診得到的啟示與反思寫下註腳。

休假找病人

臺中慈濟醫院放射腫瘤科主治醫師　王慈慧

身為放射腫瘤科醫師，每天面對的都是癌症病人，所以我們都是「癌症關懷小組」的當然成員。在忙碌的臨床、學習行程中，利用難得的假日參與慈濟東區人醫會義診，劉岱瑋主任也帶著我們在義診之餘去看看臺東的病人。

還記得義診當天起了個大早，大家到醫院大廳集合後，將預備用的器具幫忙搬上車，浩浩蕩蕩地往臺東出發。這次義診集合了內科、外科、中醫、牙科、婦產科、小兒科、藥劑科等，當然少不了熱心的醫療志工，一道到臺東成功為鎮民們服務。

義診，將醫療服務延伸到居家周圍，甚至提供「醫護到家」的貼心服務，是慈濟對照顧偏遠地區的用心，提供當地居民醫療的便利性。花東地區地形狹長，除了在臺東市、花蓮市裡醫療資源尚稱足夠外，鄉鎮內居民的健康，就得靠衛生所體系及境內醫院了。

到了學校的活動中心，一一將器材卸下，先行前來的志工們已經排定大致位置，也做好識別標誌，大家熟稔地著手幫忙布置自己的服務攤位；志工們結合當地的鄰里長，先前就已經在鎮內宣傳，今天更驅車穿梭在巷弄間，熱情地邀請鎮民前來看醫生。

到鄉下地方服務，硬體上不若在醫院方便，往往一個人要擔任好幾種角色，一切克難；讓我不禁佩服這群盡心盡力前來的同仁。

城鄉醫療上的差異，也讓人對於處於醫療缺乏地區的鄉民們很心疼；我們無法想像一個已經懷孕第三期的婦女，竟然只做過一次產檢！一個前來主訴頭痛的病人，血壓量起來竟然高到一百八十，但他本身並不知道自己有高血壓！由於缺乏良好的醫療環境，加上對疾病認知不同，讓這群可愛的鄉民們其實是處在潛在危險的狀況。

我的工作是在腫瘤篩檢單位，為民眾做腹部超音波掃描，看診的過程中，很多時候是在對病人做衛教，叮嚀他們菸、酒、檳榔要戒，口腔內若有久而不癒的潰瘍，或發現持續性的腫瘤，就要到醫院就診；若不明原因的體重下降，也得小心。義診當天看到幾個可能是癌症的病人，因為得做切片證實，所以就囑咐病人一定得回到花蓮慈院就診。

義診消息「呷好到相報」

義診期間，牙科及中醫的病患最多，可能是這兩科在當地最缺乏的關係！整個活動進行到中午，大半的人潮散去，唯內科、牙科還是有病人等著看診，醫師們都盡責地將所有病患都看完才去用餐。

有些居民真的很可愛，「呷好到相報」，會去找街坊鄰居、親朋好友來看病；才看著他們領完藥離去，隨即看到他們騎著摩托車後座載個人來看病，成了最佳宣傳員。

感謝香積組的志工們為我們準備了豐盛可口的午齋。享用午飯後我們驅車前往探望曾在我們科接受電療的病患。事前我們癌症關懷志工小組就先打電話聯絡，告知義診當天會前往探訪，感謝這群志工們，跟病患維持良好的互動，有了他們當潤滑劑，讓醫病之間的關係顯得融洽許多。

到了病患家中，立即感受到他們的熱情，像對待久違的朋友般端出當地特產來招待我們！我覺得很不好意思，好像打擾了他們，又讓他們破費！訪談中才得知，有位家住附近的病患已經不幸過世，所以才一直沒回院追蹤。

在跟病友聊天的過程中，我們也會試著帶進一些預防疾病的觀念，及疾病可能產生的症狀，讓病人以及家屬注意病情的發展，不要錯過治療的黃金期。病人家屬還很熱心的領著我們前往其他病人家中探訪……

到了下午三點，原先預約探訪的病人都已如願看到，大家就踏上返回花蓮的路程。

從行政人員的事前規劃及居中聯繫，到當地志工商借場地，到地方宣傳；醫院中的醫療人員的參與、香積志工的手藝貢獻、醫療志工現場的幫忙等；義診往診，是許多人共同參與才能順利完成，真正服務有需要的鎮民！只是一次的義診往診經驗，就讓我收穫滿滿，帶著感恩心繼續學醫行醫之路。

註：本文為王慈慧寫於花蓮慈濟醫院住院醫師訓練期間。

防盲歡喜花東行

花蓮慈濟醫院眼科主治醫師　許明木

十三年前，我毅然離開了培育我長達二十四年的母校——高雄醫學大學眼科，心中有著不捨與感傷，但更有著理念與憧憬；來到醫療資源匱乏的後山——東部花蓮，開始了臺灣尚未有任何單位與醫師涉足的眼科預防醫學工作——社區防盲。

在高雄的同事們及許多眼科界同儕眼中，我是一位自我放逐的眼科醫師，但其實我是在汲汲營營的生活中與逐利捨本的醫療工作中煎熬了許久，才做下決定。因為在父親的長期教誨下，我深信醫療的天職與醫療的本質，應該是無止盡的服務與奉獻，而不是錙銖必較的營利行為。

以我的訓練背景、專業與經驗，要進入基層醫療的篩檢與衛教工作，應可說是駕輕就熟，易如反掌，但這一路走來，才知道「知易行難」，在辛苦、責難、誤會等等多重挫折中，披荊斬棘地建立了東部社區防盲的工作模式，多年來一步一腳印地踏遍花東各鄉鎮村里與山地離島各部落，無怨無悔地為東部全體居民的眼睛健康做第一線的照護工作。

花東地區的眼科醫療生態，多年來一直是個棘手的問題，雖然兩地的眼科醫師人數不少，但分布上卻極端不平均，很多地方除了缺乏眼科的醫療人力與資源外，在方圓百里內，甚至連個眼鏡行也沒有。由於地處邊陲，經濟落後，平均教育水準不高，語言的隔閡，醫療常識的不足，使得相對弱勢的族群，尤其是原住民的老一代，因為乏人照顧、就醫不便、迷信與害怕接受開刀治療，而放棄犧牲了與生活品質息息相關的眼睛視力照護。

這些年來，我一直推行東部社區防盲的最有效工作模式與概念，以團隊的分工合作，利用贊助的視力保健巡迴車及整套眼科檢查儀器，深入各社區，建立完整且具有眼科醫院水準的流動式篩檢站，提供全套完整的初步檢查，找出有問題的病患，提供衛教與轉診，甚至給藥與發放免費眼鏡；前段的努力在於我們這個團隊的投入，後段的努力就要靠地方衛生單位的支持、努力不懈，以及苦口婆心的勸導和安排，做好個案管理，免於功虧一簣，此種做法是基於「集其力，畢其功於一役」的概念，所以需要社區所有居民的參與，還有地方衛生單位的配合與自我要求。

承擔責任　收穫更深

但我們卻因此常受到誤解，有人以為我們居心不良，只為找出個案開刀，增加業績，或以為我們是為了收集資料進行調查報告，有人更責難我們增加他們的工作量，還常面對相關單位在行政業務上的消極不配合與為難，刪減經費，不只造成無謂的困擾，更造成人力與經費的不足，而增加工作的困難度。

以前在工作上遇到不順遂時，我都會自怨自艾、怨天尤人地發脾氣，但是二〇〇五年一年的慈誠培訓，在證嚴上人的教誨及師兄師姊們的引導下，我深深體會了「慈悲喜捨」的精神，更貼切地認識到慈濟人工作時的基本精神「甘願做，歡喜受」。

二〇〇六年四月，我在蘭嶼的第三度社區防盲工作中，更是得到了印證。比起上兩次的結緣，這一次的工作量不僅更多，也更緊湊，從早上八點到晚上十點，馬不停蹄地為各個部落中的所有居民進行篩檢及免費配鏡，利用中午休息時間到各中小學與幼稚園進行斜弱視篩檢及近視配鏡，常利用五分鐘邊吃便當、邊工作的情形下，解決中餐與晚餐，在簡陋的場地揮汗如雨，但以更謙卑的心來奉獻與付出，卻讓我更甘之如飴。

值得一提的是，為了蘭嶼達悟族的特殊眼疾，我們事先準備了大量的遠視眼鏡、老花眼鏡及太陽眼鏡，發放給需要的居民，當看到他們戴上眼鏡，眼睛為之一亮的感覺，與臉上洋溢喜悅與滿足的表情時，心中深處更是感到第三度與此地居民們結下的善緣，感受真是甘甜。這種做法得到了另一個印證，當我基於改善視力與生活品質的目的下，建議病人配戴眼鏡，那只是「口惠」，他們體會不到「看清楚」的真正感受，唯有把合適的眼鏡直接發放給他們，才是真正的「實惠」。

目前社區防盲工作範圍愈來愈廣，服務量也愈來愈多，經費與人力卻愈不足，雖然愈來愈辛苦，但由於有幸加入慈濟志業，讓我心中充滿無限感恩，願我們慈濟人更努力的以不同的方式「把愛送出去」。

掃出一條故事街

花蓮慈濟醫院骨科主治醫師　吳坤佶

從二〇〇五年起，經過整個花蓮縣市的規劃，慈濟醫學中心承接起整個中央路三段的門面掃街，順著這個緣分，很自然的成就了歡喜自掃門前雪的因緣。

本來星期日我就習慣很早起來跑步，讓自己的身體流汗。去年秋天的一個星期日，黃葉飄落的清晨，和一些師兄、師姊準時在六點半集合。我們分成兩組，一組掃醫院這邊，一組掃對面停車場。自從海棠、龍王兩次颱風過後，每次開車進醫院的路上，總見一大堆石頭、玻璃，散落在整個中央路、中山路的交叉口，一堆的碎玻璃，開過去真是提心吊膽，有時候輪子壓上去，石頭會噴起來而不知道會打到誰，每一顆都像子彈一樣銳利。有這個機會就好好地把它掃乾淨，慢慢地掃著、掃著，掃出了第一次。掃著、掃著就這樣流汗了，感覺蠻舒服的。

早上的街道沒什麼人、車，尤其在花蓮，就當做是在打高爾夫球，拿著桿子都是一樣的，其實掃的當下，還有很多師兄、師姊，大家跟著做，一點都不累，每次掃著的時候，我家師姊就說：「我又撿到錢了。」特別是撿到十塊錢的機會特別多。

旭日東升。家裡的小朋友也跟著我們一起起床，有時候掃著、掃著，她就開始玩起清除水泥管阻塞的遊戲，「咦，這個洞很好玩，把排水管的沙泥清出來，水就通了。」這樣一來水一通就不會有蚊蟲，她最怕蚊子了，她也知道那是使蚊蟲消失的方法。

掃出隱藏的故事情節

太陽慢慢升起，我們慢慢地看清楚，眼前有一隻折壞的雨傘丟在地上，已經不能用了。揣想著，一定是下著雨，雨傘又壞了，主人一生氣就把它摔在地上，還好我們把它撿起來，做環保回收。掃著掃著，看到安全帽，我們也把它回收起來，想著這位大德沒有戴安全帽騎車的樣子，一面擔心、一面祝福。

葉子是自然的產物，也將它們一一掃起來，偶爾看到萬綠叢中一點紅，一個紅色的亮片，看仔細原來是過期的樂透彩券，號碼還在，我想主人沒有中獎，他曾經的希望變成失望，現在又變成我的希望，把它好好地撿起來，讓它有機會以再生紙的姿態重活一次。

掃著掃著，又掃到統一發票，我們捐到植物人或是老人會的愛心箱；掃著掃著，在一個陰暗的角落，看到一大把針筒，那些針筒一看就知道是打毒品的針筒，真希望上天保佑他們不要再打這些沒有意義的藥劑了，你可以想像天天承受毒品煎熬的生活，那麼地辛苦。祝福他趕快脫離苦海。

在草叢裡，可以看到很多咖啡色的玻璃瓶子，那是勞工朋友歡喜喝的飲料，我們一支一支的收起來，以免打破傷人。一次又一次，我們學了非常專業的環保概念，知道那些是可以回收的，那些是不可以回收的，於是每次看到利樂包、鋁箔包或者礦泉水瓶，我們都非常喜悅，就這樣子慢慢地把整個街道掃乾淨了。

在街道有許多故事，也可以看到很多人的動作。常常在十字路口遇紅燈停車的時候，有人就搖下窗戶，把菸蒂往外甩，檳榔渣往外吐；我們就曾在一個交叉路口上，掃了近三公斤的檳榔渣還有菸蒂。看到這些人拋下菸蒂的那股帥勁，也看到他們吐檳榔的那一派瀟灑；其實大家都知道醫院裡有開不完的刀，不管是口腔癌也好，肺癌也好，這些都是因果，真的不希望大家吃這些東西，而後又要醫師來開刀救命。

掃街是哲學　是健康禮貌的實踐

回想起來，年輕的時候看過一部電影，叫做《皇天后土》，記錄一個政治時代的悲情，劇情中逼迫著那些知識份子去掃街。掃街的卑微，其實是一種認定，在整個士大夫的培育傳統之下，華人建立起自傲的傳承，知識的累積也好，財富的累積也好，把自已疊得高高在上，只需要做一些很輕鬆的事情，而認定打掃、清潔工作，就應該由僕人來承擔這些瑣事。

其實掃街這個動作，必須跳躍過一個心理藩籬，就是自以為高高在上，何必拿掃帚的迷思？如果想透了其實會更坦然、更開闊。掃街這件事，可以反省自我，也可以看到他人做錯的事情，拿來反省。更簡單的說法，我來這兒掃街只不過因為這是我們的醫院，我工作的地方，我想把它弄得乾乾淨淨，讓大家比較舒服，病患來到醫院時，也能感受到這個乾淨的環境就像是在歡迎客人一般，讓他能夠很舒服地在這個地方讓我們服務。掃街沒有什麼大不了，但是有落葉、清風、旭陽、殘月為伴，又可以健身、流汗、排毒，也能結交很多朋友、師兄師姊，還可以撿到樂透彩券與金銀財寶。掃街真是一個充滿哲學、實踐健康禮貌的活動。

走街見證家道中落

農曆過年前夕，由院長領導，以及在顏惠美師姊老經驗的指導下，我們醫院的醫師、護士同仁浩浩蕩蕩走上街頭，往花蓮市區一戶人家前進。

這戶人家的背景我不是很清楚，只知道家裡被火燒了，家裡的年輕朋友有一些狀況，兩老一少又病又苦，躲在人家的屋簷側邊，蓋了一個簡陋的臨時屋。從很大很大的神明桌，看得出來曾經是一個碩大的家，彷彿看到過年時節，神明面前擺滿祭祀祖先的牲禮，火紅的燭光，映著兩旁鮮豔的供花，薰香濃濃嬝嬝、繞來順去過春節，誰知道在某一年的某一天，祝融燒毀了家中的榮華，又遇上了事業不順利，眼前要恢復之前的風光，可不是那麼簡單。

就這樣子一家三口屈居在窄小的防火巷裡，室內幾乎不能並行而過，客廚浴寢都在一塊兒，約二坪大小，又擺了這麼多的東西。除夕前一天，大家一起到那兒，師兄叫我拆門，好把裡面的東西、碗筷儘量搬出來要送到環保站去洗。洗乾淨以後再拿回來，我仔細算一算，洗的碗總共有三百六十五個，還真多啊，一個一個疊起來，真是富有的人家呀，大大小小不同的餐具都在一起，多麼像一個二十多人的大家族行頭。洗乾淨以後，總共要花費六個人力，才能夠把所有的碗筷歸回，真希望他們有一天能恢復到原有的家庭規模。

其他的師兄把牆壁重新油漆，把裡面的衣服重新洗乾淨，買了一張床，鋪了很漂亮的被單，要讓這一家人好好過年。大愛劇場的演員夙芬師姊，脫下口罩令人驚為天貌，她也來幫忙，默默在旁邊做事情，洗滌擦拭，身上沾了很多油漆。她買了一束花，我買了一堆糖果，從環保回收物中撿了一個很漂亮的盒子，擦拭乾淨以後還真像一個聚寶盆，裝滿了巧克力糖果、鋁箔紙包裝的金銀財寶，希望這一家子過年時能喜氣洋洋。

你看，這樣的一個團隊，不分你我，也沒有事先約定，就去做一件大家都很高興的事情，無論你是那一科的醫師、護士或者師姊，我們共同抬著很重的門、很重的柱子、很重的窗，平常在醫院的角色各司其職，今天有空的人就空出時間來幫忙，此時大家都一樣，我們都在做讓自己、讓大家都高興的事，一起幫助他人。

後來再去探訪這一家人的時候，感覺就像一般家庭，有了清爽的居家環境，他們的心境也清爽平和許多，祝福他們將逆境轉為好運，好好地活在這世界上。

在慈濟世界，上人所創造的一切活動，像是慈善、醫療，還有國際賑災、環保，都是一種人文的昇華，在這條路上有時候是很辛苦，有時候到精舍看到上人的眼光，總是泛著一絲絲擔憂，一絲絲孤單的感覺，我知道我沒有很多能力可幫上人分擔辛苦和那麼多的重擔，但我知道只要把分內事做完，每件都做得盡善盡美，總會使上人的眼神泛出一點欣慰的亮光，那就是圓滿。

下篇 行到水窮處

伍、醫愛繞全球

人醫心路

愛善循環　川滿溫情

玉里慈濟醫院院長　張玉麟

雖然玉里慈院是個小鎮醫院，然而當得知二〇〇八年五月十二日四川發生大地震後，我們全院同仁也於第一時間與全球慈濟人募款募心賑災，當時在醫院拍大愛劇場《臺九線上的愛》劇組人員包括尹昭德、洪瑞襄、李淑楨等人均立即響應募心活動，而玉里慈院醫護同仁也紛紛表達前往義診的意願。從報名第二梯次的林靜雯護理師開始，共有六位同仁前往為此世紀災難盡一分力，而這也是全院同仁共同補位成就的，讓我深以玉里全院同仁為榮。

當我於六月十四日踏上這片受傷的土地後，見證慈濟志工在當地煮熱食，帶動災民走出陰霾，也接續展開了醫療、人文、教育的關懷與傳承。

開藥診療都體貼　義診傳口碑

下鄉義診，沒辦法備齊所有用品，因此看病就必須因地制宜，以現有的資源發揮最大的良能，看病時依病人的病狀判斷，是以藥物治療就好或是需要進一步檢查。開藥時，要用現有的藥品，不能執著於自己的習慣，更要考慮藥師調劑及病人使用頻率方便等等這些小細節，譬如一排總共十顆藥，如果可以一天兩次，每次一顆，共開五天份，病人也不會弄錯，用藥上也相對安全。

而此次同行的中區人醫會王清一醫師感嘆地說，「不要叫我大醫王，叫我王醫師就好了。因為我只能症狀治療。」不過即使是症狀治療，也要依據病相開處方；正如《無量義經》所言「分別病相，曉了藥性，隨病授藥」，不僅如此，還「令眾樂服」，他真是大醫王呢！

有賴這些大醫王，我們「療傷」、「止痛」、「安心」的人本醫療在當地頗受好評，慈濟醫療團九點多開始看診，病人寧願早上五、六點餓著肚子前來排隊，遠從四十公里遠的地方，輾轉坐車而來。很多病患一坐下來就猛說感恩：「謝謝你們囉！我住得很遠，坐了二個多小時的車子來的，是聽好多人說幾十年醫師都醫不好的病，在你們這裡就治好了，所以我們特地趕過來的。」

還有二位婆婆雖然屋子已全毀，寧背大米、西瓜，走了四公里的路程，再搭車到醫療站來，只為親手送達感恩的禮物。

當然除了初級醫療，也有遇到嚴重的病例，例如洪宏典醫師看診一位胃痛的病患，休息之後仍未見好轉，而且還吐出了黑色的胃液，直覺就是胃出血，於是立即聯絡義診的交通車將病患送到醫院去。還好有慈濟，不然這個病人可能會休克。

其實人人只要知足、感恩、善解、包容一切不方便，就能合心、和氣、互愛、協力的將每件事做得很好。我們這組團隊總共三位醫生、二位護士和一位藥師，就算一天看五百多個病人也不覺得累，還相約以後有機會要一起出來義診呢。

助人最樂　災區孩子變乖了

原本一些平常愛打架，在家與父母、爺爺、奶奶頂嘴吵架、惡言相向的孩子，在當了小志工以後，口說好話、熱心助人，所以許多小志工的父母、爺爺、奶奶都特地到服務站來感謝慈濟，因為慈濟把他們的孩子教得那麼好。

有一位年紀稍大的小志工，平常愛欺負別人、屬於惡霸型的學生，地震時親眼目睹多人被壓死，因此變得不愛說話。他住院一陣子後，出院到義診區來當志工，變成人見人愛的小幫手。另一位小志工叫趙澤峰，平時愛打架、拿石頭丟人，在家中還會罵長輩，現在則變乖了。發現我看著他故意穿的破洞補丁牛仔褲，他會不好意思，我告訴他，「你的過去我沒看到，我只看到你現在的美善，只要繼續像現在這樣，你就是最棒的。」

我也告訴他《靜思語》：「前腳走、後腳放」的道理，他現在不僅不說髒話，更會孝順爺爺奶奶、感恩媽媽。當他的大伯被安排住安養院，他還會叮嚀說：「住安養院，不要跟人爭吵。」我們有一次出去往診，外面下著雨，帳篷裡面滴著水，水落在我的腿上，他穿著雨衣坐在靠外面的地方用雨衣為我遮擋，避免我被弄濕，這種主動關懷別人的舉動，讓人覺得很感動，難怪他的外公、外婆因他的改變而主動來做志工，而趙澤峰的願望則是要當院長。

人文大愛滋養　善種子發芽

每天早上五點多，慈濟醫療站前已有民眾開始排隊時，有些小志工在沒吃早餐的情況下，就先走了兩小時的路到醫療站維持秩序。我們約九點半抵達醫療站，約五十多位小志工早已列隊等候，由小組長來開車門，行禮說：「師姑、師伯，早安！」所有人下車後，小志工們又集體問候：

「師姑、師伯，早上好！」我們也列隊向小志工們及鄉親們道早安。

有一天，來看病的病患，真的是太多了！小志工們維持秩序已有點困難，我跟他們說：「你們可以多叫幾個同學來幫忙。」小志工們回答我：「師伯，我們班的同學都來了！」原來他們班上因為地震只剩下五位同學，而這五位全部來當小志工了。

而培訓小志工更是需要慈濟志工師姊發揮智慧呢。有一次兩個小志工在吵架，快要打起來了，美金師姊先上前了解到底為何吵架。其中一位說：「前一天晚上，他撞我，我很生氣所以要報復。」師姊了解以後，便把他們帶到所有小志工面前，把事情說了一遍，問小志工們，認為前一位錯比較多的請舉手，結果沒人舉手；又問，認為後一位錯比較多的舉手，也沒有人舉手；再問，認為兩位錯一樣多的請舉手，結果通通舉手。美金老師告訴兩位吵架的小志工，兩人錯的一樣多，所以要互相道歉，要握手來個擁抱。

打開心結後，兩人整天牽手在一起。第二天，先推人的小志工沒有來，美金師姊問另一位小志工，你的牽手怎麼沒有來？他回答：「他回德陽去了。」還好美金師姊即時化解，沒有讓兩人帶著不愉快分開。

災民走過憂傷　義診溫馨期待

小志工們都非常珍惜志工背心和志工名牌，視為最高榮譽，對於犯錯三次的小志工，志工牌會被收回，等待他們表現良好再發還，並用《靜思語》告訴他們，人不怕犯錯，就怕不改過，只要有心改過並不難。

之間還發生了一段插曲。一位彭女士路過熱食供應站，看到那麼多穿著迷你袈裟的小志工，感覺相當好奇，要求跟小志工們合照，小志工自動向她介紹，我們是來自臺灣的慈善團體，我們的名字叫做「慈濟」，並跟彭女士說：他們是大好人，來這裡煮熱食給鄉親們吃，還幫鄉親們看病。

彭女士聽完之後相當感動，於是主動捐了三百元人民幣。

小志工學習能力強，很快就把一首首慈濟歌曲學了起來，不僅會唱還會比手語，為了讓小志工們更有人文素養，因此會有小志工培訓課程，平常小志工依各功能組工作，到了該上人文課程時，小志工會著急的說：「師伯，快啦、快啦，我要去上課了啦……」深怕遺漏上課內容，相當珍惜。

在災區，小志工除了幫助香積、醫療的翻譯等工作，還可以幫助其他小志工。有一位小志工地震時目睹親人往生，變得不愛說話，另一位小志工也有同樣的遭遇，但卻能走出悲慟，比較樂觀，師兄便請這位樂觀的小菩薩去陪另一位不愛說話的小志工，結果一天下來判若兩人。

災難過後，因為這種善與愛的循環，讓我們看到希望的未來，所以當我們離開時，知道他們心中充滿愛的能量，讓我們沒有離別的憂傷，只有溫馨的期待。

撫大地傷 滇復樂土

關山慈濟醫院院長 潘永謙

地震原是地球進化自然現象，但發生在人口密集的地方，就能造成龐大破壞及生命、財產損失。二〇〇八年四川五一二地震發生後，從新聞傳來一張張讓人痛心落淚的照片，過去可愛活潑的天使面容，瞬間灰白凝固，留下親人哀痛逾恆，也給世人悲傷憐憫。

慈濟基金會發起去四川當地賑災第一天，我便報名參加，行前，我與關山慈院同仁及師兄、師姊，於關山及附近鄉鎮為四川災民勸募。發現大家都有人溺己溺的精神，慷慨解囊；大陸配偶們更是不落人後，踴躍捐輸，捐款數目比一般人還多。經過四星期的焦慮等待，我被安排在第五梯次出發。這次去四川義診，經過香港兩次，即使已兩年沒有與雙親見面，卻過門不入，頗能體會大禹治水的心情。

求仁得仁　勇往直前

六月七日凌晨啟程，下午到達成都，入住海悅飯店，稍事整頓，晚上與第四梯次隊員交接。醫療團分三組，我本來被安排在棉竹站，謝輝龍院長說永興公園站的帳篷沒有樹蔭，直接受陽光曝曬，最為悶熱難耐，我注意到永興公園的兩位醫師都已六、七十歲，我就自願與吳森醫師對調。後來到達永興公園義診，環境之惡劣，果然是「求仁得仁」。

永興公園站的帳篷確實沒有蔭蔽，而那站病人又最多，且一天比一天多。六月十一日我與陳文德醫師一天看了兩百六十六位病人。比關山慈院一日全院的門診量還要多。公園一街之隔有一排危樓及廢墟，正進行清理，塵土飛揚，直接吹進我們的醫療站內，以衛生紙擦鼻孔都可看到黃色的塵土。在如蒸籠的帳蓬下，我戴著N95口罩看診，猶記SARS期間在有空調之醫院內戴N95口罩工作都感覺呼吸困難，我們的辛勞可見一斑。

有人文真善美志工問我為何從早上看診到下午都沒有看見我打呵欠？其實不是不累，實在是病人太多，連打呵欠的時間都沒有，因為有些病人是走路二至三小時到我們站裡就醫，希望盡快看完，好讓他們早點回家。

我們下午還去公園附近往診，小志工能力很強，幫我們找據點、設帳篷、連絡病人，雖然在田野上只座落幾戶農家，但臨時醫療站一設好，就有七、八十位病人到臨，真不知他們從那裡來，這就是小志工熱心奔走的結果。如果還有時間，我們就直接到帳篷區探視行動不便的病人。有一位師姊走田埂路時，一不小心掉到田裡，但仍然勇往直前，無怨無悔。

我們這梯次醫護特別用心，到達醫療站第一天就重新規劃，增設了一張掛號桌，製作病歷，用病人的出生年月日為病歷號碼，按月份分成十二袋，以利複診時容易找到舊病歷，這樣可讓往後的醫師有檔案參考，減少紙張的浪費，也避免複診時重覆問病人的基本資料，減少時間的浪費。後來證實製作病歷是必要的工作，不久當地衛生部門要求我們統計每天腹瀉病患及交付病歷副本，我們順利達成任務。我們並申設藥品櫃，讓以後來的藥師配藥更方便，往診時亦不需要帶很多箱子。

雖離四川　心繫災民

感恩藥師為我們準備了很周全的藥品，連中藥貼布如通血透骨膏、行血萬應膏等也有準備，光聽到如此響亮的藥名，病痛就少一半，所以口耳相傳，我們這一站的病人一天比一天多；繼第一天的一百七十四人，到最後一天的三百六十人次。故最後一天，不得不商請其他組的醫師協助。

當然其他團員發揮了良能也是病人增加的原因，我們提供熱食、帶動小朋友唱歌、比手語等活動；病患等候時送水、送點心，特別感動的是香積志工，每天提供了數千份的熱食，在烈日下、火爐邊不停工作。別人飽飯後，他們還在清理鍋、盤及爐具；團隊結束後必須趕回飯店心得分享，他們只能打包一個便當在車上吃，路況也不好，車子顛簸，有時還把筷子摔到車地板上，他們真誠的付出真教人感動。

現在我回來了，但想到災民生活惡劣，睡在帳篷任由蚊蟲叮咬。有個小孩因皮膚癢疹就醫時，翻譯的小志工說他自已也有，人人都有，這是正常的，不用看病，讓人更加不捨。我都給他們抗組織胺藥膏塗抹止癢，但我們既然提倡預防醫學，是不是給他們防蚊液會更理想？

災區之前正爆破危樓、清理廢墟。塵土大量飛揚，我真的很擔心災民、醫療站空氣嚴重汙染，對身體已經不好的就診病患有更大的傷害，若遷移醫療站有困難，希望清理廢墟的工作人員清理時要不斷灑水，當地水量豐沛，引河水為用，應不困難。

在此，為災民祈禱，向救災的伙伴致敬，更感恩證嚴上人的慈悲，讓無數人的關懷、愛心能送到災民的手上，匯聚成力量，也期望透過慈濟人熱情協助，幫忙災民渡過難關，重建家園，讓受傷的大地重成樂土。

無量法門悉現川滇

臺中慈濟醫院外科部主任　吳政元

在二〇〇八年五月十二日下午二時二十八分驚天動地，令千萬人心碎的那一刻，大陸四川發生芮氏規模七點九的強震，隨即山河變色，蒼生流離失所，原本天府之國的四川頓成舉世矚目的焦點，慈濟人在最短時間內，本著重點、直接、尊重三原則前進災區，我身為外科醫師，有幸參與了第三梯次的賑災團隊，在師兄師姊篳路藍縷，承先啟後的大愛接力下，我們這一梯次背負了發揚光大的使命。

由香港轉機到成都的四小時航程中，心情錯綜複雜，自己曾經歷九二一大地震，餘悸猶存，可以想像災民們那種驚恐悲痛，無語問蒼天的心情。這也是我第一次參與賑災，雖覺人傷我痛、人苦我悲，但亦摻雜了一些惶恐，然而想到上人在行前叮嚀時的慈示「輕輕踏上，穩穩站住」，頓覺豁然開朗，原來存懷謙卑感恩之心，疼惜那被摧殘的大地，本著「無緣大慈，同體大悲」，尊重災民，輕聲膚慰，自然能夠穩穩站住，永續深耕，這是何等的大智慧啊！

看到成都雙流機場懸掛的「歡迎抗震英雄」布條，以及市區隨處可見的巨型看板，可以感受到大陸政府全力投入救災的決心與力量，然而災區遼闊，由成都市一路顛簸到災區慈濟服務站的二小時車程中，沿路盡是斷垣殘壁，滾滾沙塵，真不知多少家庭、多少心、多少夢因而震碎？

到達服務站，迎面而來的卻是面帶微笑的小志工們，他們天真無邪的表情反倒使我覺得寬慰不少，也真佩服師兄姊在這些孩子們經歷浩劫餘生後，能及時給予最大的扶持與鼓舞，使他們加入小菩薩的行列，重新振奮起來，展現出強韌的生命力。服務站確實少不了這些聰明伶俐的小志工們，從醫療問診充當翻譯、引導病患候診拿藥、熱食發放維持秩序、場地清掃垃圾分類，到手語歌及《靜思語》的學習傳播，甚至往診目標或個案的提供，他們都能積極投入，使得慈濟人文處處可見。

災民自助　見苦知福

當與他們熟悉後才發現多數背後都有一段慘痛的經歷，像小學生小智僥倖逃出教室，卻眼睜睜地看著讀高中的哥哥埋沒於倒塌的樓層；國二生澤瑤的父親已經逃出住屋，卻當場被前院垮下的磚牆壓死……令人不勝唏噓，感嘆生命無常。災區光是洛水鎮就有五千多人往生，我在洛水二小醫療站，就近也目睹了第二小學及洛水高中已成瓦礫堆的校舍，看到課桌椅被壓垮的景象，黑板上仍留有粉筆字跡，真不知多少無辜稚兒因此斷魂，多少父母因而心碎，此時此刻也更能體會「見苦知福」的心境。

我在廢墟環繞的醫療站看到香積組的師兄姊從早到晚忙著準備熱食，各類大型廚具及蒸飯機等設備一應俱全，當地食品公司的志工及災民也投入幫忙調理四川味的食材，有些還從自家田裡運菜送來；我也看到人文師兄姊帶動小志工教唱，挖空心思準備六月一日兒童節一箱箱精緻的小禮物，服務站雖小卻處處都是一幅幅感人的畫面，慈濟的優質團隊在這裡展現出四大志業的齊頭並進，這不就是「無量法門，悉現在前」嗎？

災區有各地支援的賑災站，而慈濟這兒更是充滿法喜，甚至解放軍也來看病拿藥，成都華西醫院的護理人員也加入了我們醫療及往診的行列。我去了洛水養老院以及兩個帳篷區，當為災民送上藥物及毛毯時，彼此互道感恩的心在剎那間凝聚在一起，災區並沒有疫情傳出，但卻有一股強大的感染力在四處散播，那就是慈濟的大愛。

我回臺灣逾一個半月後，心中仍常惦記著那群小志工們，天下菩薩大招生，當前最重要的應該是讓他們及早復學與人文的傳承，最近欣聞簡易屋及校舍的一一落成啟用，深感慈濟人這一念心的發揚光大，已逐漸開花結果，見證慈悲，大災雖無情，大愛卻無限。

寒冬送暖護老情

大林慈濟醫院老人醫學科主任　蔡坤維

雖然曾多次至大陸旅遊，也有過國內往診的經驗，但我一直沒有去參加大陸的賑災義診，甚至也還沒有機會參與海外義診，總是想著大災難後比較需要外科系的醫師，怕不能發揮功能而把機會讓給別人。

二〇〇八年底終於因緣俱足，我參加了十二月二十二日至二十九日到四川冬令發放的梯次團隊。四川大地震後半年，慈濟扶助災民的動作依然持續，沒想到此梯團員有兩百多人，而且有三分之二是大陸當地的志工。除了參與發放及義診，我也參加了慈濟援建中小學校舍的動土典禮。

在發放現場，我看到一位七十幾歲的阿嬤背著竹簍，走了一、兩個小時的路來到這裡，只為領取物資；可見得當地人對於這些物品的需求真是非常迫切。

此次發放的物資包括了一包三十斤的大米、二點五公升食用油，還有棉襖、衛生衣、棉被等，只見當地人紛紛出動腳踏車、推車等前來搬運。當地一所科技大學的二年級學生集體到場當志工，幫忙民眾搬東西。還有一些小志工、年輕鎮民也都來幫忙，展現大災難後彼此互助的精神。

過去沒有發放經驗的我，負責把所需物品由倉庫中搬出來，看著有豐富發放經驗的師兄師姊，和現場有條不紊的發放流程，讓我讚嘆不已。

相較於地震剛發生時的潮濕悶熱天氣，我們這一梯次遇上的是平均攝氏五度的乾冷氣候，因為服務中心沒有暖氣，面對冷得凍人的低溫，負責義診的我們只好在厚棉襖外再穿上白袍，每個人看來都圓滾滾的，而當地來看診的民眾，也因衣服穿得太厚，只能量手腕式血壓，連義診團帶去的血糖機都因為天氣太冷而罷工。

當地的醫療不普遍，有人是這輩子第一次量血壓，但就算量出有高血壓，也無法幫他們長期控制。多數來看診的民眾都是背痛、膝蓋痛、咳嗽及慢性病等，我們也只能給藥暫時緩解，無法為他們徹底解除病苦。

教導自助　遙寄關懷

「給我一點眼藥水。」一位五、六十歲的太太，左眼一個星期前就看不到，眼白也有出血現象，到慈濟醫療站來求救。我們建議她儘快到大醫院就醫，也許視力還有救，只是這位太太因為太窮，根本無力就醫。明知眼藥水對她的幫助不大，但也只好開給她，同時暗暗祈求奇蹟出現，能讓她左眼重見光明。

這次地震震出了許多矛盾和無奈的故事，由於此次地震震驚國際，資源湧入，因此在重災區受傷的民眾獲得補助與完整的醫療，但還是有許多人因負擔不起而放棄醫療。我們到村子裡的組合屋訪視時，就發現一對近八十歲的老姊妹，妹妹在地震後摔斷了腳，需要自費治療，但兩姊妹沒有錢，只能坐輪椅，令人感慨。

在幾天的義診過程中，我發現很多民眾的疾病已無法復原，但慈濟人給予的溫暖關懷，讓病人覺得好了很多。有一位燒燙傷的舊病患，每天都到醫療站來換藥，可惜醫療團停留時間短暫，無法繼續追蹤，只好教他傷口護理，讓他能在家中自己照顧傷口。

這讓我反思，我們平時在臺灣大林慈院往診，也會碰到類似問題，每隔一、兩個月的往診之外，還需要給老人們其他協助，例如幫助他們解決交通問題，讓他們方便就醫。

老人醫學科不是高科技的醫療科，但卻是最實用的醫學，目前遇到的最大困難就在於無法接近病人，因為有許多病人的住所地處偏遠，不但自己就醫不易，醫護人員往診也同樣不便。幸好，現在大林慈院的日間照護中心，讓我們能為老人們提供足夠的照護，幫助他們能安享晚年。也祝福在四川的人民，尤其是老人們，健康平安。（整理／黃小娟）

被歷史遺忘的古鎮

大林慈濟醫院核子醫學科主任　王昱豐

春風不來，三月的楊柳不開
曙光不現，枝頭的曉燕不啼
愛是心底萌發的光苗
似穿透烏雲的陽光
照亮每一個需要的角落（註）

「井陘」，一個被歷史遺忘的地方，是二〇〇五年發放活動的中心。雖然「背水一戰」、唐朝「安史之亂」、到對日抗戰時之「石家莊戰役」，歷史課本中常常跳出這個名詞，然而那對我們的記憶是遙遠的。

事實上，位於河北與山西交界、太行山腳下的這個古老縣分，生活的困苦超過我們所能想像。由於地屬黃土高原，農作生產極少，煤礦是主要經濟生產，整個井陘的空氣中始終瀰漫著細細的煤灰，而一九九六年賀伯風災更重創了這個原本貧瘠的土地。可是鄉親們並沒有被打倒，他們從慈濟人的手中接過物資，建立學校，再無怨無悔地重建了自己的家園。

十年後慈濟人再回到此地，黃土依舊，空氣中的煤灰不改，然而鄉親堅毅和純樸的風霜也絲毫未減；如果說，十年前我們在他們最艱苦的時候為他們帶來希望，我們現在所見到的便是穿透烏雲灑下來的陽光。

風霜刻劃厚實　擁抱化融冰雪

此次河北的發放以井陘為主要地區，包括小作鎮、南障城鎮、微水鎮及天長鎮周邊共十七個城鎮，三千八百九十三戶，計約一萬餘人次。在發放活動中，我是負責麵粉發放的部分，每當鄉親以他們樸實的笑容，回報我們一身的麵粉時，我常常羞愧的低下頭，不因為我的衣服是髒的，其實最讓我難過的是他們一雙雙厚實的手，風霜所刻劃的痕跡，毫不掩飾地傳達出他們生活的困苦。然而，我們僅僅一個擁抱，一聲「大叔好！」便輕易地得到了他們滿滿的歡欣，我們該如何再去膚慰呢？事實上，我們所能給予的物資實在有限，幾件衛生衣、幾件棉衣、一或二床的棉被、一桶沙拉油、還有一些麵粉，其實也僅足鄉親過一個年。

然而在物資以外，我們所帶來更多的是老人家對生命的冀望。在最嚴寒的冬天，有著最溫暖的愛，在最黑暗的角落，有著持續發光的能量；我在想人心的感動到人心的付出，到存同除異的接納，世界本身就是一體，當人人心中愛的一點火苗燃起，聚積沈積，就能照亮全世界，就能讓每個人都不再孤寒，所做不多，所得甚大，我們更該努力。

若問我從這次的發放中得到什麼，我想除了感動與感受外，我學到了尊重。原來「施比受更有福」並不是教科書中的一句話，它除了應用在生活外，也存在著行動上的智慧：發放本身並不只在於做善事；要論發放，最有效率的作法可能是要各鄉鎮造冊，由鄉鎮派人直接領取物資回去再請各戶人家過來領取；然而，這樣的作法，付出的人並不會得到感動，而受施的人也不過得到了些衣物過冬罷了。唯有直接面對面接觸，或西方人所說的 from eye to eye（眼神接觸），才是傳遞情感、真情付出的行動。

施予者並不是高高在上，受施者也非屈恭地接受。當活動結束，鄉親們領著物資歡喜回家，我們還要將環境整理乾淨，還原一個未發放前的空間；此外，還與一同前來幫忙的鄉親們一起歡樂，將愉快一同散播。

善的種子　愛的循環

其實，不單只在發放過程的膚慰或問候，我更知道，在發放之前，已經不知道有多少的愛心在完成前置的探勘、造冊、物資運補或接運等等無法計數的繁複作業；而我們所扮演的只是在臺前將臺詞唸完的角色，其實更該要感謝的是幕後累計的愛心。

人世間有許多樣的人，有人始終在幫助人，有人始終在接受幫助，也有的人是既不幫助人也不接受幫助。那麼我們到底應該作哪種人呢？上人告訴我們，慈濟人是幫助別人成為能幫助別人的人。事實上，在這次的活動中，除了我們外，還有當地許多皆山慈濟中學的老師和學生參與其中，當他們由羞澀到能自在地協助別人。我知道，我們的種子已經灑下，也許要五年、也許十年、也許更久，但是這些種子會萌芽、會新生，當善念發起，我們也都從中得到了自在。

活動快到尾聲，我回首細想慈濟情，從每個伙伴全身的麵粉與疲憊的身軀，我卻看到一顆顆耀然的心，感恩上人的智慧與慈悲，這樣的收穫將成為下一個「愛」的發願。

註：此詩為王昱豐仿鄭愁予先生的〈錯誤〉一詩有感而作。

雙手送愛慰災黎

花蓮慈濟醫院副院長　許文林

臺中慈濟醫院啟業之前，在花蓮慈院服務期間，假日對我而言，除了參加東區人醫會的義診，我也會與醫護同仁、社工、志工菩薩們一起去居家關懷，尤其是癌症病友們。能夠把醫療延伸到醫院大門之外，延伸到社區裡，延伸到缺乏醫療的角落去，是慈濟醫療人文以行動來表達的最佳詮釋，而這樣的模式，在臺中慈院也開始深耕。

緬甸救急　人文生智

二〇〇八年五月發生的四川、緬甸大災難，臺灣慈濟六院、美國及東南亞人醫會全力動員配合，我是前往緬甸的第一批義診發放團員。幾天的時間，經歷的一個個故事，看到的一張張臉孔，讓我難以忘懷……

一位婆婆突然休克。她血壓過低、腹部凸起，初步判斷是腸子吸收不良所引起。但是否是癌症、或有其他病因？在沒有任何檢查設備的義診現場，我必須馬上做出判斷，雖然已經看診幾十年，還是緊張得滿頭大汗。

靈機一動，我用維他命加水，再混合糖漿，加一點鹽巴，調劑成一杯具有電解質的「救命水」讓她喝下；再帶動眾人搧動紙板當作扇子，用最原始的方法輸送氧氣……婆婆終於甦醒了！欣喜之餘，我請志工立刻將她送到大醫院進一步檢查。

災區義診，靠的是長年累積的醫療經驗、胸前的聽診器和腦袋瓜裡的醫學知識；除此之外，還有一個妙方——人文關懷。

為戴維妮看診時，我注意到她的眼神，一雙憂愁又明亮的雙眼，掛在她童真的臉上。在臺灣義診也常接觸到這類個案，因此即使在緬甸語言不通，仍可憑藉經驗與直覺，判斷出她的心理狀況，給予心靈撫慰。我詢問她家裡的狀況。父親往生，母親改嫁，但偶爾會帶些糧食回來；不過大多數時間，戴維妮和妹妹得靠打零工，賺取微薄薪資來溫飽肚皮。隔天，我和志工一起去拜訪，看到兩姊妹居住在殘破到無法遮風擋雨的茅草屋裡。兩姊妹的狀況，讓慈濟決定長期援助，並為她們搭建堅固的房屋安身。

以病為師　開展視野

到干貝村義診前，聽聞曾經有十七位醫師組成的義診團在此駐診三天，只有不到三百位病患來看診。我們想，就隨順因緣吧！

結果，我們到達的第一天就有五百八十多位病人，第二天更突破八百人次。我們十位醫師每天一坐下就無法再起身，護士、藥師人手不足，醫師就自己配藥。大家開玩笑地說，來義診千萬不能帶胃跟膀胱來，因為會忙到連吃飯、上廁所的時間都沒有。

我也學了幾句緬甸話，除了加強親和力，也藉此加快看診速度。不能說我們的醫療技術比別人好，但肯定的是，居民們都很信任慈濟。

結束一星期的義診回到臺中慈院，雖然得處理這段時間累積下來的工作量，忙得不可開交；但看到院內高科技的設備與明亮的看診空間，回頭想想緬甸的看診環境，我善解也感恩。

緬甸之行是我第二次參與慈濟國際義診。還記得上一次也是第一次，是二〇〇二年，剛到慈濟醫院任職一個月，就接獲到印尼雅加達紅溪河義診的任務；那次不但開啟了我的醫療視野，也讓從醫近三十年的我，決心追隨上人腳步，學習「以病為師」的醫療理念。

在緬甸簡陋的環境下義診，要即時做出正確判斷，且讓居民產生信任感，挑戰相當大；但也鼓舞我在行醫路上以更大的信心、更堅定毅力走下去！也期許臺中慈院全體同仁為社區民眾看健康，越看大家越健康。

註：此文寫於許文林擔任臺中慈院創院院長期間。

因為尊重　因為愛

臺北慈濟醫院神經外科主治醫師　黃國烽

即使來到醫療落後的地方，還是必須堅持維護人道，尊重人權。

在印尼國防部附設醫院的開刀房裡，一張又一張的病床上躺滿了前來尋求義診協助的病人，開刀、治療全都在這個小小的房間內進行，然而毫無屏障、一覽無遺的手術治療環境，讓我與整型外科盧純德醫師感覺很不舒坦。於是在印尼志工的協助下，將病床之間都圍上布簾，不僅治療起來較安心，病人也能感受到絕對的尊重。

如果說，「因緣」是成就一件事情的重要關鍵，那麼我參與義診的因緣是再巧妙不過了。時值二〇〇六年，九月一日到四日，我沒有安排門診，就連開刀時間都剛好錯開在這四天之外，於是當院長提出邀請前往印尼參與義診時，半點猶豫都不需要，爽朗地答應這樁美事。

這次義診中接受手術治療的患者，多數都是罹患腫瘤、唇顎裂、疝氣以及白內障等疾病。身為一位神經外科醫師，我主要為前來就診的民眾處理腫瘤、水腦及運動神經元疾病的會診、手術。還記得有一家子八口人，其中有四個人罹患水腦症，並已有一人因而往生，經我們檢查後為他們施行腦部手術，其實我發現，當地醫療有足夠的能力可以處理水腦症，無奈貧窮讓這些罹疾的病人無力就醫，只能一再拖延卻無能為力。

印象中，媒體經常報導印尼排華問題嚴重，可是這一趟印尼義診之行，我們不僅沒有感受到排華的壓力，反而看到華人與當地居民、甚至與政府維持著和諧的良好關係。看到印尼慈濟志工劉素美師姊、郭再源師兄、黃榮年師兄等不但沒有大企業家的架子，更在當地無所求地全心奉獻與付出，特別是看到紅溪河改頭換面轉變成乾淨的面貌、大愛村村民居家環境的簡樸清雅、慈濟中小學孩子們天真無邪又認真的模樣，這一切一切的成果，都是當地師兄師姊們胼手胝足打拚出來的。

印尼民眾們的「親華」，在大愛村內和樂融融地景象略可窺見，尤其有戶人家家中的擺設，讓我的內心大為撼動：那一面潔淨的牆上，上方掛的是回教真主阿拉的照片，下方則是掛著上人與孩子們互動的照片。

善解體諒　親如家人

病患的善解，也是成就他參與義診活動的好助緣。一位師姊的先生不久前因為腰椎方面的問題，來到臺北慈院求診，經過手術治療後，已經恢復健康。這次師姊頭痛不止，一大早就到醫院排隊掛第一號，等著我為她診療。經過檢查後發現師姊血管瘤破裂，需要緊急手術治療，然而前往印尼的日子在即，與師姊說明商量後，委託溫崇熙醫師為她開刀治療，師姊也能體諒並樂意成就這件好因緣。

出發的前一天，看完夜診後，特地繞到病房關心師姊的病況，安了心之後即準備背起行囊，邁向印尼。回國之後，去關心一下師姊術後的狀況，手術非常順利，只待身體恢復即能出院。而這也讓我更加堅定、確信自己做了這一趟助人之旅。

離開臺灣到印尼四天，卻一點也沒有離家的感覺，義診隊伍裡是來自三院的醫護同仁與志工，再加上印尼當地的慈濟人，雖然大家都不熟悉，有的是第一次見面，但是卻很容易打成一片，「因為我們都是一家人」！

人人皆主角

花蓮慈濟醫院整形外科主治醫師　鄭立福

二〇〇六年九月，我第三次前往印尼義診；第一次是半推半就參加，第二次是歡喜參加，第三次是積極爭取參加。

抵達

素美師姊與阿源師兄及眾位師兄、師姊們來機場接機，下午首先安排參觀的地方也是我們開刀義診的地點——國防部軍醫院。途中經過美麗大方的紅溪河，這是印尼師兄師姊及印尼軍民大家努力的驕傲與榮耀。

回想四年前的紅溪河，上下游居民的排汙物、垃圾堆積河面，同樣上下游居民也必須共用、共飲紅溪河的水。如今整治後的紅溪河，已漸漸恢復幾十年前的原貌，紅溪河上下游的居民也搬遷至大愛村，改善環境生活品質，讓父母親有工作，小孩有學校可以讀，麻雀變鳳凰，似乎有趨近禮運大同篇內「使壯有所用，幼有所長」的大同世界。

來到國防部的醫院，它是剛興建成的軍人榮民復健重建醫院。尚未正式開院使用。印尼國防部希望在正式開幕前，能舉行盛大的義診活動，他們非常慎重地選擇與慈濟人醫會合作，因此也證明慈濟人醫會在印尼的分量，相當值得肯定。

到了義診工作的地方，一切的安排，似乎已全然就緒，我們一行人先熟悉工作環境，了解整個流程動線，病人如何進入，訪視、接受麻醉，麻醉的廢氣如何排送出去，手術如何順利進行，麻醉後的甦醒照顧，安置病人過夜觀察。一切以安全為第一考量，師兄師姊及人醫會的負責人，一一為我們解說，彼此溝通我們之間的配合等等。

第一天 義診

一大早即前往軍醫院，開始義診開刀的工作，到了醫院，看到民眾在師兄師姊的帶領下，有秩序排隊登記，同時戶外也舉行致詞典禮，由國防部中將次長代表部長蒞臨會場致詞及主持授贈手術器械及手術衣服儀式。以表示義診工作正式啟動。

由於擔任領隊一職，比較有機會深入了解、接觸及溝通各方面所要注意的問題，更深刻感受到印尼師兄、師姊的用心與賣力。在當地，他們必須事先聯絡病患、佈置場地、消毒場地、安全考量，所有大大小小的細節都要想到、顧到、做到，更重要的是做到讓大家都滿意。我們也是盡心盡力貢獻自己所能，醫護人員放下身段，以「成功不必在我」的心，共襄盛舉，個個精神抖擻，幫病人施予麻醉、開刀，當每一臺手術完成的時候，大家心裡皆充滿歡喜。

團體
放下身段入團體
成功不必為自己
眾人一心爭賣力
任務完成皆歡喜

我既身為領隊，更秉持「那裡須要我，我就去那裡幫忙」的使命，於是除了在手術臺上完成腫瘤開刀手術外，也幫忙張群明總醫師拉鉤，使他更順利完成疝氣手術。

縮小自己
一二三次印尼行
行前授命領隊情

縮小身軀更有勁
廣結善緣入佳境

第一天義診結束後，在醫院的餐廳舉辦「圓緣」活動。現場大約有三、四百人包括印尼師兄、師姊、當地志工與我們團隊，節目中放映二〇〇五至〇六年之間，在印尼慈濟人每個月所舉辦的大型活動。當然包括去年十二月底亞齊省的義診發放。因為當時我也是成員之一，與有榮焉。

接著一連串的手語表演，讓我們嘆為觀止。我上臺代表團隊對這次印尼師兄師姊賣力與用心致最高敬意。同時也訴說著去年在亞齊省義診發放時內心的感受。也想起當時所作的幾首打油詩。由印尼師姊現場即席翻譯。

最後我以一首〈印尼用心〉為題，作首詩贈送給印尼師兄師姊：

上人心，眾人力
萍水相逢投慈濟
榮辱與共創世紀
共襄盛舉造佳績
印尼用心最亮麗

我們醫療團隊也回贈表演「一家人」的手語歌，大家融入現場氣氛一起表演，非常高興、快樂，也不知道誰表演給誰看，似乎人人皆是主角。

晚上回到飯店，大家挪出一個小時的時間分享心得，討論今天的義診情形，有那些需要改進。立即可以改善的事情，我們立刻去做，若不行做到，也必須告知為何不行。例如臺北盧醫師希望大家不要趕刀，尊重病人隱私權，希望病人與病人之間有圍簾隔著，也有醫師提出疝氣的病人很多，希望以後讓泌尿科醫師也能有共襄盛舉的機會。

第二天 義診

我們針對前一天晚上隊員的建議，與印尼師兄師姊溝通，立刻獲得良性的回應，馬上改進。兩天義診下來，與當地的人醫會醫師總共完成兩百九十三例手術。

傍晚大家參觀印尼的靜思書軒，大夥也獲得素美師姊及阿源師兄的親筆簽名作品。

晚上大夥在用餐之際，各桌心得分享，其中在我這一桌，聽到一幕感人的鑽石故事——原本想要買鑽石，經過手語師姊的引導，把買鑽石的錢，省下來捐給慈濟，當榮董，救助他人。雖然沒有實質上的鑽石，但其內心卻擁有許許多多無形的鑽石，內心富有、踏實，而且得到真正的快樂。她的師兄彭勇堅也分享說，二十年來終於嚐到自己太太親自下廚所煮的飯及燒的菜。因為她二十年來從未下廚燒菜、煮飯；平常夫妻兩人，因為彼此很忙，見面時總是快人快語，有時語調也會比較大聲，自從師姊加入慈濟幫助別人之後，內心竟然如此快樂，也將快樂帶回到家庭，整個家庭的氣氛變得十分和諧。他自己跟著師姊參加慈濟活動，整個人學習到情緒控制與助人為樂。在場的隊員深深受到感動，似乎我們內心也獲有許許多多無形的鑽石。

大家在心得分享時，說不盡的感動，更道不完的感恩。當時我們隊員亦期盼，下次能有機會再次參加印尼義診。現場立刻掌聲響起一陣「現在立刻報名」的傳話聲。大家莞爾一笑，一切盡在喜悅中。

阿源師兄

楊柳低垂高莫測
靜海微波深難得
高瞻遠矚謙虛心
喜善好施皆得樂

素美師姊

素美師姊如寶玉
話好善緣似春雨
身投慈濟添雙翼
印尼之光三生遇

另外有一小插曲，印尼飯店裡的礦泉水，必須用開瓶器才能打開飲用，但礦泉水旁並沒有開瓶器的蹤影。既然他們的礦泉水一定要使用開瓶器，表示它一定是放在某個地方，只是我們找不到而已。第二天我詢問隊員是否有飲用礦泉水，回答說：因找不到開瓶器而作罷。因此，寫一首打油詩，望諸君下次去印尼義診時，順便尋找一下。

口渴難耐欲喝水
望瓶興嘆蓋何退
左思右尋似曾見
意外驚現盥洗間

國家圖書館出版品預行編目資料

人醫心路 / 慈濟醫療志業醫師群著.— 初版 — 臺北市：經典雜誌，
慈濟傳播人文志業基金會，2012.08
264面；15*21公分
ISBN：978-986-6292-31-6（平裝）

855　　101012065

人醫心路

作　　者／慈濟醫療志業醫師群
發 行 人／王端正
總 編 輯／王志宏
叢書編輯／朱致賢、張嘉玲
責任編輯／曾慶方、羅月美
特約編輯／陳美玲
文字編輯／賴睿伶、黃秋惠、吳宛霖
美術指導／邱金俊
感恩花蓮慈濟醫學中心、玉里慈濟醫院、關山慈濟醫院、大林慈濟醫院、
臺北慈濟醫院、臺中慈濟醫院、慈濟基金會醫療志業發展處人文傳播室。
本書所有文章，均刊登於《人醫心傳——慈濟醫療人文月刊》「交心集」專欄，自第
一期（2004.01）至第九十六期（2011.12）。
出 版 者／經典雜誌
　　　　　財團法人慈濟傳播人文志業基金會
地　　址／台北市北投區立德路2號
電　　話／02-28989991
劃撥帳號／19924552
戶　　名／經典雜誌
內頁排版／浩瀚電腦排版股份有限公司
製版印刷／禹利電子分色有限公司
經 銷 商／聯合發行股份有限公司
地　　址／新北市新店區寶橋路235巷6弄6號2樓
電　　話／02-29178022
出版日期／2012年8月初版
定　　價／新台幣280元

ISBN 978-986-6292-31-6（平裝）
Printed in Taiwan